KB132151

그러나 돌아서면 그만이다

안정옥 시집

문학동네시인선 099 안정옥

그러나 돌아서면 그만이다

시인의 말

나를 대신해줄 적당한 말을 아직도 알아내지 못했다.
하는 수 없이 내게 가장 소중한, 말이 되려 꿈틀대는
자음과 모음, 그리고 잊혀진 ㅇ ㅎ ㅿ · 까지 모두 보낸다.
하려는 말이 다행히 그 안에 듬뿍 들어가 있다면
말의 상심들아,
내가 무슨 생각을 그리 오래하게 되었는지 알아내주는 것은
순전히 당신의 역할인걸.

2017년 11월
안정옥

차례

시인의 말   005

달래다   010
청개구리라고,   012
튤립의 추억   013
무슨 기억에 이토록 시달리는가   014
있다와 없다 앞에 쓰여   016
갈 수 없는 곳과 엉겨붙다   018
베토벤의 연애   020
가마솥에서는   022
개꽃   023
고흐의 연애   024
한강 하구로부터 100km   026
괜찮아 난 괜찮아   028
공작   030
귀뚜라미   031
그늘을 보내오니   032
밑단을 말하면   034
복숭아   035
질경질경   036
날아감을 두려워하랴   037

생로병사(生老病死)   038

너무나 다중적인 그를   040

노란 꽃   042

내가 있다가 없다   044

눈물은 눈이 녹은 물이다   045

하얀 박쥐가   046

흠이 있다   047

뒤통수를 얻어맞을 때까지   048

망각곡선(忘却曲線)   050

머나먼 별자리   052

만파식적(萬波息笛)   054

머뭇거리지 마라   055

그의 탓으로 돌렸다   056

비밀   058

빗방울 전주곡   059

빨간 스웨터   060

삼나무 반지   061

속절없이와 거침없이 사이에서   062

서한   064

숲의 미래   065

연애의 위대함에   066

외모는 속임수다   068

아틀라스   070

웅덩이   071

윌쯔카나무   072

유령과 함께   073

A와 대타 B   074

무엇이 되어 다시 만날까   075

치명적인가 묻는다   076

칡꽃 필 무렵에   078

직업   080

칡꽃   081

편폐하다   082

해바라기   084

헌정   086

다시 쓰는 늑대론   088

문득   090

해설│시라는 풍등을 들고 여기까지 왔네   093
│박상수(시인, 문학평론가)

달래다

누구나 뱃속에서부터 손을 꽉 쥐지요 쥔다는 것이
두려워서, 그래서 누군가 조금씩 달랬어요
공작 같은 옷에 새 가방 메고 집밖으로 내보내졌어요
새 물건들은 낯선 것들을 달래려는 부적이었지요
불균형과 아리송한 감정들이 뒤죽박죽이던 사춘기도
달래기 위함이지요 더 낯선 곳으로 나갈 때마다
새것의 명목들이 늘어났어요
달랜다는 말 절묘하다는 걸 아나요
사랑도 옆에 두려면 오랫동안 달래야만 하지요
못 이룬 것 낙담하진 말아요
아직 달랠 준비가 안 돼서 그래요
그들을 빛과 어둠으로 빚어서 그렇겠지요
그 절묘함은 다 빈치(Da Vinci)지요
글자들이 좌우 뒤집어져 있고
거울에 비춰야 읽을 수 있는 것은
도달할 수 없는 사랑을 달래려 함이 아니었을까요
한밤중 마당에 쪼그리고 앉아 나무패로 꽂혀 있던 적
질주하는 트럭에 산화한 적 없었는지요
무궁화꽃이 피었습니다 놀이처럼 짧게 끊어진 움직임들이
순간의 숨에 멎어요 들키지 않게 판독하는 것이지요
고드름처럼 매달린 죽음이 아직도 활동중이라는 걸
알았을까요 수요일이 다시 자리잡듯이
새삼스럽지도 않지요

대장장이에게 쇠와 마음이 불이(不二)이듯
몸과 달래기도 불이이지요

청개구리라고,

뒤뜰 걸을 때 서너 살쯤 오이꽃 여기저기
터뜨릴 때 마당 질러가는데 창틈으로 엄마 앓는
소리가 새어나왔다 으, 저항할 수 없는 슬픔 같은 게
아직도 한쪽 내 몸에 고장난 시곗바늘처럼 멈췄다
그렇지만 어린 날 엄마는 내게 감당할 수 없을 정도로
버거웠다 겨울날 쇠로 된 문고리를 잡지 못하겠다
그처럼 차가웠으므로 그렇지만 밖은 공기조차
부드럽고 꽃잎처럼 포근했다 저 밖으로 영원히
뛰쳐나가는 것이 나의 꿈이었던 적 있었다
청개구리라고, 내 마음은 강으로 가고 싶어 죽을 것
같은데 멀리 떨어진 가게에 갔다 오라 했다 늘
결국 집을 뛰쳐나왔지만 이번에는 더 감당하기
버거운 남자를 만났다 다른 것에는 관대하였기에
그나마 버텼다 때로 어린 날들을 표시 안 내는 방법은
더 모질게, 더 모질게 보이도록 무장하는 것이었다
아니다 부딪치고 깨져서 누구보다 강해졌을 뿐이다
그는 청개구리 기질을 역으로 다스렸기에 나 자신도
헷갈렸다 그러나 그가 모질게 대할 때마다 밖으로
나갈 거야 밖으로 나갈 거야 내가 내게 치근댔다
저 밖으로 영원히 뛰쳐나가는 것이 나의 꿈이었던 적
있었다 이제 엄마는 병상에 누워 있다 가서 사랑한다고
말해야 될까 이 생에서 풀어야 한다는 법은 없다
다음 생도 남아 있다

튤립의 추억

　오래전 터키에서는 터번에 꽃을 꽂았다 꽃을 묻는 외국인
에게 터번 터번, 튤립의 학명은 터번이다 튤립을 몰랐던 상
인이 볶아 먹으며 투덜거렸다 나머지는 묻어두었다 구근 한
뿌리가 집 한 채 값 되고 꽃은 겉만 봐서 모른다 인도 왕은
죽기 전날에도 튤립 사이 걸으며 추억에 잠기었다 사신들
기행문에도 튤립 이야기다 꽃 행상들이 따라붙었다 사람 마
음대로 변종을 만들 수도 없는, 여간내기가 아닌 독특한 색
깔은 만들어지지 않는다 튤립이 퍼지는 데 가장 애를 쓴 이
는 사치품으로 변했다며 돌아섰다 그럼에도 만지는 순간 마
법에 걸려든다 번식을 꺼리는 것처럼 보이는 빨간 튤립이
이듬해 엉뚱한 꽃을 피웠다 저 하고 싶은 대로다 공원에서
흔히 보는 것은 평범한 품종들 튤립을 사기 위해 방앗간을
저당잡힌 남자가 있었으니 단아한 모습의 꽃잎은 포근하다
가장 뛰어난 부분의, 튤립의 뛰어남을 잠시나마 갖게 된 것
또한 세상에서 내 대신 내 마음을 드러낼 말을 갖고 있는 이
도 꽃이다 그 희생을 생각지 못한 채 나는 그저 누군가에게
바치고 싶은 지극함뿐이었다

무슨 기억에 이토록 시달리는가

시든 꽃들 위에 여름 내내 활발하던 잡초들의 엉킴 위에
살짝 얼린 껍질들로 흘려놓은 서리들의 괴기함
서너 살 혼자 한동안 서서 바라본 기억들이
고스란히 저장되고 있었음을 알았다 병원의 관사
뒤꼍은 때로는 안개 자욱한 허허벌판 그 끝자락에 있는
오두막까지 혼자 걸어가곤 했다 측백나무 몇 그루
막아서듯 나무의 무력시위 같은 거
부드러움의 속성으로 감춘 나무들이 아무 감정 없이
홀로 자신에게만 집착하고 있는 그런 무심은
지금도 싫다 나무 옆에서 젊은 여자는 온몸을 쥐어짜며
통곡을 해댔고 몇 발짝 뒤에서 숨죽이며
나는 모든 걸 지켜보고 있었다
어린 날의 무수한 기억들이 그렇게도 많이, 그렇게도
오래 들러붙는지를 그땐 몰랐었다 멈춰 내 안으로
들어오려는 성향을, 그런 은밀함조차 알아차리지
못했다 나이기도 한 아이가 하필이면 내 뒤 바로
내 숨통 뒤쯤에 서 있었다는 사실을 알아차린 건 불과
얼마 전이었다 어쩌면 어린 날부터 사람들과 마주하기보다
더 많이 사물 앞에서 머뭇거렸던 건
무언가가 있었기 때문일 것이다 그때 이미
나에게 맞는 일, 평생 해야 할 어떤 일을 하면서
전 인생을 보내게 될 일들을, 한동안 그 일에서
멀어져 있었던 것도 사실이지만 그것 또하나의

명분이었음을, 이렇게 쪼그리고 앉아 하고 있는 이 일이
내게는 타고난 아주 적합한 거라는 걸 말해주려
쉬지 않고 지구에서 달까지 걸어가듯
힘들게 내게 왔을 것 나는 미칠 듯이 그에게 가려고
온 힘을 다하여 손톱이 빠지도록 긁어대며 안달했던
그것

있다와 없다 앞에 쓰여

생각은 나보다 먼저 생각과 트고 살았겠지 눈뜨면 몸에 걸칠 것보다 먼저 그를 찾지 지나간 악몽처럼 껍데기뿐일 때도 있지만 거역할 수 없지 익숙하여 이중구조 같은, 내 어깨에 손을 감싼 그와도 같은, 문을 나서면 온갖 식물들이 꽃을 피워낼 생각에만 잠겨 있고 그 기색에 말을 걸어오지 생기도 오후가 되면 오므라들고 풀어진 몸으로 바뀌지 조여오는 밤 되기 전까지 생각이 먼저 한발 당도한 도로에는 비틀어진 향나무, 생각은 몸 닮아 있지 그 나무 아래서 마음 덜어내고 와야지 온통 그 생각이지 들꽃 수목원 뒷길에서 공작 울음에 멈췄던 생각 모아지지 기다려주었지 날개 활짝 연, 몇초의 생각 펼칠지 모르니 가까운 생각들이 먼 곳의 생각 잡아오지 휙휙, 처음 보는 생각들이 찬란히 꽃피우지 놓친 생각들도 있었겠지 생각은 나이들지 않아 언제나 지금 지금의 기억뿐 그대로였지 그럼에도 생각과 말은 위장과 입처럼 붙어 있어 생각이 대신 주지는 않아 하루치 용량을 말을 주어야만 알아듣는 이들 많거든 그 능력이 나는 퇴화된 것 같아 멈칫 한 사람에게 알아듣게 해줘야 하는 게 내겐 고통, 향나무로 내 몸은 비틀어지지 전율을 감추기엔 그곳처럼 어수룩한 장소 없지 마음속 들여다보려고 엿보는가 나를 보여주려 애써야 하지 생각의 티가 없어질 때까지 생각은 내 옆에서 먼저 가고 있지 낯선 곳에서 멈추고 잠깐 들꽃 앞에서도 자주 이렇게 기웃거리는가 생각은 정적도 넘겨주듯 나는 정적과도 함께 살았지 열쇠를 돌리면 열리지 않던가 누군가의 손으로 열어준다면 받아들이지 못하는, 감히 생각의 말 못했기 때문이지 차디찬 생각으로 마비시키고 싶을 때 있었지 생각은 내게 어서 빠져나오라고 소리질렀지 그에게 이 생각 알려야 됨에도 지나쳤지 마음은 생각 너머 그의 깊은 곳 가득한 그곳 뛰어들고 싶었지 평생 추적하고 싶지 침대 밑에 깔린 생각들 위에서 생각을 누르며 생각이 주는 비통함까지 구부러진 생각도 바로 펴려고 생각의 꼬리들이 버둥거리지 생각이 생각을 닫으러 오지 몸을 버린 후에도 생각의 잔광은 남아 있겠지

아마도 걸어다닐 무렵부터 아이가 아이를 업고 있듯 조그마한 생각들이 혼자서 내 생각 들어주고 달래줄 사람 없을 때도 생각만이 내게 다가와 지켜주려 부스럭거렸겠지 생각의 가지들에 매달려 어른되고 그랬겠지 나를 지독하게 보호하려 했던 것 같아 그래서 생각들이 나를 여기까지 다정하게 데려왔고 나를 키운 생각들이 내 등짝에 붙어 살아 있어 내 속을 떨쳐버릴 수가 없는 온통 그런 것들뿐이었겠지 그런 생각들로 가득차 있어 내 속으로 들어오고 싶어 아무리 애를 써봐도 당신이 비집고 들어올 수가 없었겠지

갈 수 없는 곳과 엉겨붙다

늦은 밤 사거리에선 매번, 거의, 빨간 신호등에 걸렸다
멈춰 있을 동안 이 생각에 들렸고 저 생각에 들렸다
왼쪽으로 버드나무 하나 마음 없이 흐늘거린다
그 사이로 걸어다닐 수 있는 길이 내려다보인다
다리 난간의 흐릿한 불빛들이 강물 위로 쏟아져
무수한 별들과 엉겨붙어 있었다 엉겨붙음을 보다가
걸어갈 수 있는 길로 급히 걸어가보기로 한다
채 다리 아래 별빛이 도달하기도 전에 출발이다
며칠 지나 다시 그 자리에 멈췄을 때 꼭 거기까지다
내가 갈 수 있는 곳 접근하려는 내 마음과
강력히 막으려는 신호등의 지시
가장 멀리서도 알아볼 수 있는 빛
도발과 금지도 포함되어 있건만 그 빛을
얼마나 좋아했던가 얼마나 손대고 싶어했던가

어느 나무에게는 다른 나무의 가지를 잘라 눈접을 붙여
하나로 엉겨붙게도 만든다 그들이 왜 그래야 되는지를
나는 모르겠다 빨간 불빛에 잡혀 있을 때만 할 수 있는
알맞은 이 비유, 그러나
돌아서면 그만이다

집에 들어서면 나무의 가지들이 하나로 엉겨붙어 있는,
내가 힘들게 접목한 수많은 현상들과 일일이 대꾸하고

흘깃거리며 소파에 앉는다 수십 가구점을 돌다 나의 눈에
엉겨붙은 소파에 털썩 앉으며 내 손에 엉겨붙은
리모컨을 누른다 다시 엉겨붙을 세상을 찾아 기웃거린다
이제 지친 몸을 누이면 온갖 것들이 잠들기 전까지
나와 엉겨붙으려 왔다가 가고 다시 왔다 돌아간다
그러다 깊은 어둠이 솜이불처럼 나를 덮어준다
몇 번이나 뒤척이는 나에게 걱정은 그만하라고
한번 더 달빛과 엉겨붙게 해준다 이제 무언가
못마땅함을 가진 나무에게 다른 나무의 가지를 붙여
조금 더 씩씩한 나무를 만들려는 이의 속내를
조금 알 것 같기도 하다

베토벤의 연애

　눈은 불타듯이 빛났으나 슬퍼 보이고 어떤 때는 부드러우며 정답고 어떤 때는 흘기고 어르는 듯 무시무시하고 그럼에도 아름다운 표정의 사람아. 움직임이 서툴러 물건과 부딪치거나 부수기 일쑤 피아노 위 잉크는 걸핏하면 쏟았고 평생 여자를 혐오했고 평생 덧셈 이외의 산수는 하지 못했고 평생 춤을 춰본 일이 없는 사람아, 정직과 순수함을 중시해 남에게도 요구해서 안 되면 불같이 화를 내던 사람아, 가벼운 애욕도 거부한, 전혀 예의 없는 사람이라고 괴테가 말했지만 후원자인 귀족에게도 예의 차리지 않은 사람아, 배달된 포도주를 보며 "아까워, 아까워, 너무 늦었다" 혼수상태의 눈 내리고 번개 치는 밤 한순간 눈을 뜨고 오른손을 오른손을 높이 치켜들고는 주먹을 쥔 그 손이 곧 떨어진 사람아,

　불멸의 연인이 있었다고 하나 불명(不明)의 사랑만 있었던 사람아, 어떤 연인과도 제대로 된 사랑한 적 없는 사랑을 시작하는 것도 망상에서 끝내는 것도 망상으로 그런 덧없는 사랑 즐긴 사람아, 버릇처럼 상습적으로 이룰 수 없는 사랑의 갈증에서 곧잘 벗어났고 이후는 작곡에 빠져든 사람아, 사랑은 자신의 창조를 방해하는 것 그의 사랑의 방식은 교묘히 들어갔다가 교묘히 빠져나오는 것 그렇다면 나의 사랑은 아직도 남아 있는 몇 사람은 불명인가 내가 혹, 그들을 그런 식으로 교묘히 눈가림한 건 아닐까 그럴까 그렇진 않

을까 하하하하하하하하하 아이고 배가 아파 죽겠네

가마솥에서는

내 키가 지금의 내 배꼽 근처 올 듯 말 듯 했을 때 남의 집 부엌에 버티고 선 시커먼 가마솥 뚜껑 속이 궁금했다 손을 댔다 쩔쩔맨 나를 당기는 어마어마한 힘, 열리다 만 그 안의 냄새를 간직할 순 없을까 밥냄새에도 삶의 원리가 있었다 나를 다가오게 하려는 힘, 내 뱃속과 가장 가까운 이 그가 부르면 시도 때도 없이 달려가야 했다 더러운 뱃속들 가마솥 뚜껑의 외뿔 상투를 튼 손잡이가 무거운 가마솥 무게의 3분의 1을 품었다니 하루에도 몇 번씩 무심히 열고 닫는 전기밥솥이 가마솥의 말을 그대로 베꼈다니 힘차게 뛰어간 줄 알았는데 그 자리에서 뛰고 있었다 가마솥 뚜껑을 열거나 전기밥솥 뚜껑을 열거나 그 속이 100도 이상 펄펄 끓어도 빠져나갈 수가 없다

야 이 자식아, 이제 그만 꺼내줘

개꽃

개에게 누가 온통 개섭머리 개좆부리

개들은 수줍으며 사납다. 힘이 세고 복종적이다. 감정을
걸러내진 않는다. 사람에게 집착에 가까운 관심이 있는 것
같다. 사람 얼굴이 이완되었는지 팔은 어디를 향하는지 끊
임없이 살핀다. 턱이나 입의 움직임이 그들에겐 중요하다.
내가 고개를 옆으로 기울이면 경계를 푸는 것 같다. 손은 쓰
다듬어도 내 속 저항감은 어떻게 알아챘을까. 다른 개와 소
리지르며 앞발로 목을 누르며 올라탄다. 놀이라는데 난폭함
에 소리만 질러댄다. 개들이 아는 냄새 가득한 세상을 나는
맡아본 적이 없었다. 냄새가 훨씬 생생하고 암시적이란 걸
기억과 깊은 관계가 있음에도 보는 것에 치중하여 오래전
그 감각을 잃어버렸다. 그저 뒤돌아보지 않았다. 다가가는
방법은 늘 머뭇머뭇하는 것, 식구들 수보다 많게 그들과 살
았겠지만 잠시 기다려라, 보이는 것 너머의 희미하게 움직
이는 세상에 남아 있는 이 내음만으로도 마음이 잘 들린다.
그런 마음들의 궤적을 찾아내듯 개들은 그런 품성을 어떻게
오래 간직할 수 있었을까. 꽃에 관한 시(詩)는 썼지만 냄새
에는 다다르지 못했다. 어떻게 하면 개꽃의 머릿속으로 잠
깐이나마 기어들어갈 수 있을까.

고흐의 연애

사랑하라 배후에 어떤 동기도 갖지 않은 사랑을
사랑하라 불꽃 속에 손을 넣고 있는 동안만큼
케이를 볼 수 있게 해달라 애원하던 남자
약혼자가 있어도 개의치 않고 사랑했던,
그 천사를 바라보는 일이 얼마나 큰 환희인가
남자가 되기 위해서는
여자가 입김을 넣어줘야 한다고 믿은 남자
다소 시든 여자들에게 특이한 매력을 느낀,
창녀들과 함께 걷는 남자들에게 부러움을 느끼던 남자
그들이 누이 같다고 말하던 창녀인 시앵
줄곧 술을 홀짝이며 거친 입을 달고 살던
그의 거칢은 고흐와 쌍벽을 이루었다
그녀의 불협화음을 '슬픔'이란 제목으로 그리기도 한,
굶는 것조차 끔찍하게 여기지 않지만 돈을 아껴
빚을 갚아주고 병든 몸을 수술까지 받게 하여 아이를 거둔,
남의 아이지만 자라나는 것을 즐거워하던 남자
마지막 사랑인 열 살 많은 마르고트와의 열애
그녀 가족의 반대로 실패하자 자살 기도까지 한 그
그림이 삶을 지지해주는 모든 것
모두를 사랑할 준비가 되어 있지만 그가 만난
많은 사람 중에 그를 좋아하지 않는다는 것이
이상하다고 되묻는 남자
사랑했던 여자들을 버리지 못하는, 천사라고 말하는

서정 시인

인생의 고통이란 살아 있는 그 자체라고 말한 빈센트 반
고흐

타앙 탕

한강 하구로부터 100km*

이끌려왔을까 집에서 몇 발자국 나서면
한강 하구로부터 100km란 팻말이 서 있다
강가의 팻말은 사람으로 있어줬다 그는 없다
내 앞으로 흘러가는 강물은 언제 떠나
다른 이가 기댈 수 있게 흘러오고 있는 중인가
한밤을 무너져서 왔을 키만한 팻말을 두드린다
문을 두드리듯 나는 아직도 밖인데
울림을 못 들었다 했다
그즈음 누군가의 대답을 기다리고 있을 때였다
울림을 갖고 흘러오기 시작한 고통을 물려받게 되었나
옛 선비들은 마음 아플 때 멀리 떠나가는 방법을
때로 군주와 떨어져 무엇에 기대려 했는가
맞은편 강둑에선 보리들이 타들어가며 익어가고 있다
그저 바라보기 위해 심었을 뿐
가난한 시절의 허기에 기대려는 것일 텐데
익어간다는 건 누군가의 입속에 기댄다는 말도 되었다
한강 하구로부터 100km
내게 도착할 수 있는 거리면서
누군가에게 기댈 수 있는 표시인지도 모르겠다
넘어서면 안 된다는 경계는 아닐는지 그 생각으로 돌아선다
몇 발자국 떼자마자 내 마음은 시시각각 변할 것이다
시시각각은 내게 고통이고 시(詩)다
시시각각이 없었다면 나는 이미 죽어갔을 것이다

그것 없이 어떻게 시를 쓸 수 있었을 것인가
발걸음이 가볍다

* '한강 하구로부터 100km'는 들꽃 수목원 뒷길 산책로에 있는 팻말
로 서울에서부터 오는 물 길이를 말한다.

괜찮아 난 괜찮아

그랬어 오빠와 남동생 틈에 끼어 먹을 것을 나눠줄 때
내게 향하는 눈길조차 바르길 기대했지 번번이 눈을
깜박이며 기다렸지 셰퍼드가 으르렁거리는 그 집 앞
발소리 끊어가며 심부름 가는 길은 겁이 났지 괜찮아
난 괜찮아 내색 못했지 이후로 내겐 내색이 들어 있지
않았지 그들이 내 앞으로 끼어들어도 괜찮아 난 괜찮아
시인이 돼서도 번번이 눈을 깜박이며 바르게 되길
기다렸지 그가 대꾸 없이 떠나도 아무렇지 않은 척
정작 발소리 끊어진 걸 확인한 순간 철퍼덕, 어릴 적부터
참아온 무게가 한꺼번에 들러붙어 바닥에서 떨어지지도
않았지 멀고도 멀었던, 깊었던 그 바닥처럼 외로웠지
그쯤에 가서야 누군가 기다리고 있었다는 듯 내 어깨에
손을 얹어주지 말할 수 없이 생생하게 그를 어떻게
말하겠어 그러면서 내 앞으로 잘못 걸린 액자처럼 기우뚱,
걸려 있는 초승달을 디밀어주거든

폐허가 된 건물로 들어서면 바르지 못하게 마구 자란
잡초 틈에 끼인 장미 몇 송이 피고 있었지 고개 숙여
코를 대고 한참을 맡았어 아, 예전에 자주 했던 일
어떤 조건에서든 꽃은 완강하면서 공평하게 피어 있는
거겠지 그 냄새가 코에서 입안 깊숙이 들어가면서 속이
가라앉는 거야 불쑥, 저렇게 화려한 색채로 가라앉은
냄새로 눈을 반짝이며 나를 향하는데 이렇게 완벽한

아름다움을 듬뿍 받고 있는데

이미 오래전에 식욕을 잃었지만 이미
오래전에 사랑을 잃었지만 괜찮아
난 정말 괜찮아

공작

꼬리를 질질 끌며 다니는 초라한 새가 할 일은
봄날을 사무치게 기다리는 것
꽁지깃을 펼치는 순간
백 개의 눈들 환하다
과시적인 허풍에 암컷은 어쩌지 못하고 끌린다
외모로 상대를 구하면 눈물 흘릴 일 자주 있었음을
그때나 지금이나 누누이 말한다
깃털 색이 다르지 않은 새들은 평생이 밋밋하여
삶은 두어 줄로 요약된다 적에게 들킬 일 무릅쓰며
공작이 날개 다 드러냈듯 다른 부류의 방식에
옳다 그르다 말할 수 없다 암컷의 타고난 성향에
한마디 보탤 수도 없다 누군가의 오래된 학설을
삐딱하게 말한다 바르지 못하고 조금 삐뚤어져 있는
삐딱함이야말로 모든 예술가의 방식이다
공작의 처절한 삶이 어찌어찌 여기까지 건너왔을까
늦은 봄날 읍(邑)의 수목원 한구석에
꽃들이 활짝 핀 틈에 대타처럼 핀 공작
탁한 울음으로 내 발걸음 휘청하게 했던 공작
한번 더 화려한 풍을 드리워라
사실은 내 맘 깊숙이 설렜다 내 삶도 두어 줄
허풍에서 깨어나지 않게 드리워라

귀뚜라미

시들이 수풀에 기대어 밤늦게까지 우는 소리 따른 적 있었
다 해금과 닮은 악기는 단순하다 두 줄밖에 없다 오직 앞날
개 두 개, 왼쪽 날개는 아래로 오른쪽 날개는 위로 슬쩍슬쩍
비벼댈 뿐이다 두어 곡 애틋하더니 곧 고음이다 떠돌아다니
는 악기들이 적막에 두루두루 그럼에도 아무 일 아닌 것들
에 목숨건다 쓰러진 동료도 한번 더 확인하는 싸움꾼, 천재
들의 괴팍함 그것도 가을의 사서(私書)다 입으로 읊는 것이
아니라 날개로 풀어 쓰는, 듣는 이들이 많다 그들 모두는 화
려한 서정시다 시인마다 자기만의 운율이 있듯 서정시는 그
들에게서 들은 것, 나는 그것을 잘 옮겨 쓰는 사람에 불과하
다 그렇게 써야 누군가 듣는다는 걸 알고 있음에도 그러나
달빛 기둥 삼아 날아다니는 나방만은 드물게 뒤집었다 여류
시인들이다 가냘픈 시(詩)를 아주 먼 곳에서도 듣는다 두 줄
의 악기로 제 마음을 멀리까지 보내주던 이들, 나는 무슨 하
고 싶은 말들 이렇게도 켜켜이 쌓여 있어 따분한 산문만 두
날개로 이렇게 저렇게 비벼대고 있는가 귀뚤귀뚤 귀뚤귀뚤

그늘을 보내오니

때가 되면 다른 나무들의 축축 늘어진 그늘 아래 누울 테지만 그림자와 흡사한 그는 자신의 뜻은 아니지만 자신의 가지 한 가닥만으로 다른 이들 감싸줄 수도 있다 그중에서 가장 강한 이는 맞은편 산이 제 모습 그대로 베껴 강바닥에 흘려놓은 것, 멀리서 보고 있으면 내 눈앞에서 한 걸음 뒤로 물러나 있는 것처럼 보여 더욱 사무치는, 눈물방울 같은 문고리 잡고 주저 없이 들어갈 것이다 주저 없이 들어갈 곳이 그곳뿐은 아니었다

자는 척하면 아버지가 나를 안아 건넌방으로 가는 몇 초, 내리고 싶지 않은 비행, 허공에 떠 날아간 몇 초가 있었다 아버지의 그늘, 커서도 그런 그늘 뒤집어쓰고 싶은 탓에 구더기로 허우적거리기도 했다 이 그늘에서 저 그늘로 다시 다른 그늘을 찾아들었다 들키지 않으려고 물속의 낙우송처럼 차가워져갔다 누구나 그런 그늘에 매여 있어 자신이 뿜어대는 그늘을 떨쳐버릴 생각을 않는다 이미 들어가 있으므로 사랑도 그렇지 않은가 그의 그늘 아래 있지만 싸한 그늘이라 돌아서면 허구 같은 짧은 탄식이 잠시 동안 온 것이다 그늘이 내게 한 일을 알게 되었을 때 찾아가야 할 그늘들이 멈출지도 모른다는 생각 문득, 문득조차 남아도는 말은 아니었다 속박하는 말도 아니었다 스스로에게 기울어져 내게만 있는 저 깊은 상심으로 가는 것, 그것 역시 그늘을 쫓는 일이다

수령 오랜 나무들이 그토록 입에 오르내리는 건 그늘에 집착해서가 아니라 저를 품어주던 그에게 그 마음에 대한 답례로 이제는 다시 그를 보호해주려는 그늘이고 싶기 때문이다 이 그늘에서 저 그늘로 가는 동안 누구나 슬퍼지니 누구는 무덤가에 버들 한 그루 심어달라고 한다 비석의 작은 그늘 아래 소리 없이 잠들어갈 그늘의 유랑민들이여, 결코 일어나지 마라 단풍도 깊어진 10월 언제쯤 강바닥에 흘려놓은 집 뒤로 물러나 있는 것처럼 보여 더욱 사무치는 눈물방울 같은 문고리 잡고 주저 없이 들어갈 것이다

밑단을 말하면

변두리 허름한 양옥집들을 기억하는가
그 양옥집의 붉은 기와지붕 밑단을 이어주는 함석은
세상 빗방울들이 천방지축으로 날뛰는 걸
붙잡아두려는 것이다

교복 안에 가두어야 했던 날도 있었다
장난칠 때마다 치마의 밑단이 뜯어졌다
꿰매는 횟수가 줄어들 때마다 한 뼘씩 컸다
우리가 천방지축으로 날뛰는 걸
붙잡아두려는 것이다

복숭아

복숭아는 껍질이 얇다 지구 껍질도 얇다
그 껍질 바로 아래에는 복숭아의 부드러운 맛
이미 단맛을 한 움큼 베어 문 자리 맨틀이 있다
한 번씩 화산을 터트리지만 놀랄 것 없어
너를 보려고 몸을 한번 틀었을 뿐이야
맨틀 아래에는 복숭아씨와 같은 지구 중심부가 있다
중심부는 늘 외핵이 내핵을 뜨겁게 안고 있는 모양새라
그곳에 또다른 핵이,
급격한 변화를 겪었을 것으로 추정하는 마음이 저렸다
어떤 아픔을 홀로 감내했을까
지구와 닮은 복숭아
그러나 지구가 단맛이 나지 않는다고?
그가 걸어다니고 숨쉬는 것만으로도 내겐 단맛
세상 사람들 1,000분의 1만 그런 사람 갖고 있다면
그래, 지구 껍질을 한 꺼풀씩만 벗겨봐
이 고이는 침을 어떻게 하라고

질경질경

　불안해요? 질경질경, 유황나무 껍질 가문비나무 껍질 달
콤한 건 다 씹어요 마음 편치 않으면 껍질이 귀신같은 회화
나무도 질경질경, 씹으면 입안 가득 혼란에 처해요 내 몸에
아무도 닿지 않으면 내 몸도 닿지를 않아 질경질경, 씹을 것
없으면 당신 껍질도 질경질경, 밤거리의 여자들 질경질경,
병사들 질경질경, 미개인과 마주하지 않아도 껌 한 통을 마
야인과 질경질경, 담배를 피울 때마다 산살바도르의 원주
민과 같이 연기 내뿜게 돼요 푸푸 씹어서 끊어지지 않고 붙
은 눌어붙어도 좋을 관계의 그가 아무렇지 않아 보인다고
아무렇지 않은 건 아니지요 그렇게 보이기에 누군가 끊임
없이 대체할 것을 만들어내요 질경질경, 풀이라도 말아 피
워야 해요 풀도 나무껍질도 날씨가 따뜻하고 바람결 부드
러운 걸 먹고 자라요 질경질경, 그들이 화창함을 알려줬어
요 나의 모든 좋은 날들 거기서 비롯되었어요 질경질경, 사
라질까 두려워서요 오래오래 달라붙어 있어줘요 질경질경,

날아감을 두려워하라

가을이다 너를 통해서만 내가 보인다 잠자리들이 심장 모양을 이루며 허공에 박혔다 몸을 활짝 펴고 있는 이가 수컷, 암컷은 몸을 부드럽게 구부리며 온 힘을 다해 두 손으로 그의 몸을 부여잡고 있다 몇 분 동안 허공에서 그녀를 품고 다닌 것이 전희였다니

잠자리는 고생대에서 날아왔다 날개는 까마귀 날개만큼이다 공룡들이 화석 속으로 기우뚱 들어섰을 때도 날아서 왔다 살아남는다는 것은 고통을 층층이 저장해가는 것 사라짐을 면하려고 날개도 잘라냈다 그런 사람이 내게도 올 수는 없는가 가볍게 가볍게 될 수 있는 대로 오래 마음 간 곳을 향해 한밤중 서슴지 않고 날아 그런 날개를 찢어서라도 그에게 닿고 싶다 그의 무용지물이라도 되고 싶었는데 내 몸은 화석 속에서 바짝 말라 은유의 압축으로 남아 있다 지구 어디에서든 도달할 수 없는 곳에서라도 혹 길을 잃어 내가 헤매거든 그때 그대가 찾아내리라

생로병사(生老病死)

한문 시간 생로병사에 대하여 길게
너무 무겁게 설명하는데
납득이 되지 않았다
날씨는 화창하고, 열다섯 살이었으니까
시험 문제에서 병(病) 자가 틀렸다
그런 날 있기는 했던가 시간은 깃털처럼 산너머로
후 날아가 아슴푸레하기까지 했다

아슴푸레한 것들이 많을수록 사람들은 한결같이
약봉지를 들고 산다 그윽한 약들이 목을 타고 내려가
어느 부분을 거쳐 깊은 아픔에게 도달하려는가
버틸수록 약은 늘고 마침내는 제 몸도 물가로 옮기는,
나이든다는 것은 모든 이들의 범주
시들어가는 몸을 한번 더 일으켜 세워라 부고가 날아들면
가을 오듯 그렇게 오리라 그래서 나이 물으면
달리기를 막 끝내고 숨을 조금씩 풀어내며
속도에 대하여 말해줄 수 있는 느슨한
단내도 나는, 다음번엔 분명 우승할 수도

39페이지에서 멈춘 『봐라 달이 뒤를 쫓는다』 책도
그대로였다 젊어서 들은 베토벤의 피아노곡
너무 무겁고 음울하여 마저 듣지 못한 그 곡을 반복
반복해 듣는다 가엾어라 그에 관한 모든 걸

읽고 알아낸 곡(曲)들이 산맥이었음을
틈틈이 창밖으로 걸어가는 이들
그들을 알아내려 했었고
틈틈이 쓴 시(詩)를 알아내고 싶었다 제 몸의 상처인
피베리 커피를 마시면서 입안에 담고 있으면서
하고 싶은 것만 하면서 살았던 적 얼마나 되었나

젊은 날은 질긴 나무껍질 같아 어깃장 놓듯
내가 바라는 대로 된 적이 거의 없었다
오늘을 살 것처럼 살아야 했는데 어찌
죽을 것처럼 살기만 했는가 이렇게 사는 것은
당신의 아픔을 알아가는 것
나의 아픔을 펼쳐보는 것
비로소 너를 알아내고 나를 알아가는 것
이렇게 알아가는 것조차 이미 오래전부터
누군가에 의해 수억만 번 수천만 번 되풀이
내게 되풀이 벌어졌던 일이었다

너무나 다중적인 그를

내게 나였던 그를
내가 앉던 자리에 그를 앉게 하였네
내게 서투르지만 그는 내 몸처럼 내 팔을 빌려 쓰며
내 다리로 쉬지 않고 걸어가고 있었네
그런 길로 들어설 때마다 내 몸속 쓰윽 관통하여
저기, 저기, 반대편까지 갔네 간혹 화사한 꽃들 사이
함박눈으로도 나와 그를 불렀네
억센 바람이 나비들을 멀리까지 옮겨가던,
그런 것들이 문장의 쉼표라고 여기는 한
그를 저버릴 수가 없었네
내게 나였던 그를 느낄 순 있어도
마음은 반대로 짐짓 마음이 옆에 있어도 내 편인가
주위는 잃을 것투성이
얻어내는 것은 나비의 분가루쯤이었네
내게 나였던 그를
걸어다닌 발자국만큼 따라다녔네
지금도 여기에서 저 끝까지를
길고 긴 강으로 여기지 않는 건 혼자라고 부른 적 없어
불현듯 중얼중얼 혼잣말을 드디어 그와도 말문을 텄네
길에서 혼잣말하는 이들과 우습게도 비슷하네
내게 따뜻한 덤불이 된 그를
내 안의 무수한 다중인 그도 알게 되었네
혼자 계단을 내려가고 혼자 점점 멀리까지 나갈 때도

아무렇지 않은 건 그가 있어서였네
누군가가 숨겨놓은 이가 누구냐고 물어오면
깜짝 놀랐네 내 안에는 그만 있었던 게 아닌,
몇 더 되는 다중이 들키지 않게 전전긍긍
가끔 그가 지쳐 내 몸에서 빠져나갈 때가 있긴 했었네
기다리는 데 지쳐 뜨거운 물을 왈칵 틀어놓고
두 손을 오랫동안 담그고 있었네
다중의 손은 유난히 뜨거워
그와 같은 온도로 올라갈 때까지 참았네
손을 거두었을 때는 두 손이 벌겋게 달아올라 있었네
발끝까지 온도가 스물스물 기어내려가서야 비로소
한 사람이 된 것 같았네
여기까지 온 그를
너무나 많은 나의 다중에 꽂혀 있던
그를 잊을 수가 없을 것 같네

노란 꽃

노란색을 질색한다
옷도 그 어떤 물건도 그 색깔을 피하고 싶었다
곰곰 생각하니 어린 날에 있었다
길거리 아무 곳이나
아이에게 예사로 똥을 누게 하는 여자들
한결같이 파마머리였다
푸짐하게 싸놓은 듯한 머리, 그 머리를 한 번도
해본 적이 없었다 운 나쁘면 물컹하는 걸
밟을 때도 있었다 개똥마저도 아무리 투덜거려도
씻겨지지 않던 기분이라니
다시 시골 살며 여름부터 늦가을까지
아침 길을 나설 때마다
치마를 냉큼 걷어올린 듯한 자태로 피어 있는 꽃들은
식욕만큼이다 호박꽃의 길이 끝날 때까지
혹은 멈춰 꽃의 이력을 보려고 시도도 했었다
그 많은 호박꽃들이 모두 호박이 되는 줄 알았다
호박이 되지 못하는 꽃들이 더 많다는 걸
암꽃 하나하나가 하루 동안만 피어 수분할 수 있어
도처엔 거의 수꽃들이기에 호박이 열리는 건
몇 송이뿐이라는 것도 알았다 가을이 여물수록
호박들의 자태가 드러나면 왜 흑심이 생기는지
주인은 잎들로 늙은 호박을 가려놓았지만 참을 수 없어
한 번은 호박을 살짝 들었던 적도 있었다

그 무게라니 줄기의 악착같음이라니
그래도 여름부터 늦가을까지
활짝 핀 호박꽃들과 마주치는 동안은
누가 끌어당기는 건지 모르겠으나 울컥
울컥하는 삶에서 잠깐은 호박꽃을 대신해
나도 활짝 노랗게 피었다가
길 끝나는 곳에서 다시
닫히는 걸 감지할 수는 있었다

내가 있다가 없다

그것은 그렇게 느끼려고 한 것이 아니라 사람들과 입속에서 온 듯하다 제대로 끄집어낼 수 없는 몇 가지들이 반복적으로 일어나면서 서로 부딪쳐 스파크가 일어나듯 그렇게 와서 지속적으로 따라붙은 듯하다 이번에도 붙들렸다고 말할 뿐 새벽 안개 낀 강가를 아슬아슬하게 빈 갈대처럼 걸어가고 있었다 하찮게 강물이나 내려다보면서 내가 내 몸에 집착하고 있음은 스스로 내가—둘이 걸으면서 하는 몸짓들을 무의식적으로 반복하고 있는—내 두 팔을 연결하여 잡음으로 안다 갑자기 뒤돌아 지나온 내 냄새를 확인하거나 공허하게 내 어깨를 어루만짐으로 안다 왼손을 오른손으로 잡아주면 마음이 편해진다 오른손을 왼손이 잡아주면 불편하다 왜, 왜 그럴까 내 어깨를 잡은 손, 두 팔을 허공에 사로잡히도록 활짝 벌려본다 으으 이 몸짓은 날 위한 게 아니었다 누군가를 맞아들이는 잘 쓰지도 잘 사용하지도 못했다 누군가를 내 안으로 가두려고 할 때만 썼던 것 같다 수십 번 넘게 그래왔던 것처럼 둥둥 뜬 이 물살도 단지 이번엔 내 차례였던 것이다 이렇게 미쳐가는 몸짓들도 그러나 곧 나를 누그러뜨릴 수 있을까

눈물은 눈이 녹은 물이다

눈이 어릿어릿하여 슬퍼 보이는 낙타와 염소, 지독한 근시인 두꺼비, 커다란 호수 같은데 주변은 산으로 울타리 쳐놓은 것 같은 말의 눈, 두 벌의 눈을 가진 전갈, 세상을 오래된 흑백 텔레비전으로 내보내는 화면 같은 개의 눈, 붉은 망토를 펄럭이면 더 사납게 달려드는 소, 세상을 모자이크처럼 보는 벌, 모네의 작품이 거꾸로 걸린 것도 알아차리는 비둘기, 양치기 얼굴을 오래 기억하는 양들, 검은 눈물로 불리는 눈 밑의 길쭉한 가짜 눈도 가진 치타, 먹으면서 눈물을 줄줄 흘리는 악어, 몇몇 나방은 눈물이 밥이다 움푹 들어간 코끼리의 눈에서 몰래 눈물을 훔쳐먹는다 쉽게 감정에 치우치고 어슬렁거리며 돌아다니기 좋아하는 코끼리, 동물원에서 지내는 그의 눈엔 늘 눈물 고여 가장자리가 찰 듯 찰 듯 그런 눈물들이 내 눈에도 녹아내린다 눈 안쪽의 붉고 작은 살점을 누군 눈물언덕이라 불러준다 내게도 있다 아마도 두꺼비와 나방, 코끼리의 눈물 속에 내가 놓여 있다는 건 그래서일 거다 그들과 내가 살을 갖고 있다는 것, 그러나 내 몸을 분해하면 나도 물일걸

하얀 박쥐가

활주로에 음악의 단계처럼 무겁고 느리게 성급히 빠르게 참을 수 없이 빠르게 굉음 속으로 빨려들었다 얼굴 근육까지 덜커덩거리며 허공으로 디밀듯 솟아오르기 시작할 때가 두렵다 누구는 착륙할 때라고 사고 났을 때를 대비해 안내할 때 라이트 형제를 생각하기도 한다 '하얀 박쥐' 이름 붙이고 처음으로 하늘로 날아간 사람, 돌풍에 추락하여 희생은 필요하다 말을 남기고 사라졌다 그 소식을 들은 라이트 형제가 108번의 실패를 거친 후 하늘로 성큼 날아오른 것이 아니라 한 걸음씩 하늘로 걸어서 갔을 것, 잘 닦아놓은 그 길로 멀리까지 가봤던 날 있었다 새처럼 한쪽 날개 끝을 올리고 반대쪽 날개 끝을 내리면서 균형 잡듯 비행기의 두 날개가 그 짓을 반복하고 있었다 갑자기 번개 치고 검은 구름 속에서 벗어나지 못할 때 힐끗 사람들 얼굴은 한 가지뿐이다 같은 분위기의 온 얼굴들에서 문득 한 마리의 하얀 박쥐를 보게 된다 희생은 필요했다 비로소 일치된다 이제는 착륙이다 착륙과 추락은 너무 가까이 붙어 있다

첫 하늘을 날았던 사람, 108번의 실패를 거친 사람, 착륙을 못해 왔던 길로 다시 되돌아갈 때도 있었다 내게 왔다 다시 가는 사람도 있었다 착륙을 못해 내게 다시 돌아왔으면 하는 사람, 모두 가슴 뛰었을 사람들이다 쿵쾅쿵쾅 이제는 답을 찾았다 어차피 희생은 필요하지 않은가 하얀 박쥐가

흠이 있다

밤나무 한 그루 몇 해 지나니 줍는 것도 성가시다
삭지 않은 잎들 태우려고 들추니
밤을 수북하게 숨겨놓았다
아무도 관심 두지 않는 동안에 다람쥐도
상처 없는 알곡을 찾아 발이 부르틈을
사과의 좋은 쪽은 내어주고 흠이 있는 부분은
내가 먹는다 만개한 사과 꽃에도 흠이 섞여들었다
꽃들은 땅속만 알 수 있는 속내
꽃을 보는 일도 때로는 가식적이다
그럼에도 한 시간은 멀고 멀다
창문에 어른거리는 너의 그림자도 담아올 수 있다
그런 어른거림도 흠과 어떻게든 잡아매려 한다
내 흠을 들춰내지 않으면 날 가까이 하려는 것이다
너의 흠을 들춰내지 않으면 내게 이미 도달했다
사랑은 슬픔과도 맞닿아 있어 도무지
슬픔에서 떨어지려 하질 않는다
내게 들킨 다람쥐의 알곡을 돌려줘야 하나
흠은 달콤한 식탁 위에도 쏟아졌다
나는 흠이 있는 이들과 식탁에 앉아 음식을 나눠먹는다
밥 한 그릇을 천천히 씹어 먹을 때에만 알 수 있듯
사람만이 알곡과 흠을 같은 뜻으로 받아들인다
내일이면 비정해질지도 모르겠지만 나는 분명

뒤통수를 얻어맞을 때까지

병원 대기실에 앉아 있을 때의 얼굴은
관뚜껑 닫기 직전이다
밖의 공기가 달착지근한 걸 이렇게도 모를까
뒤통수를 얻어맞아야만 정신이 번쩍 든다
신호는 계속 왔었다
주파수가 약해 그렇지 넌지시,
넌지시 있긴 했었다
몸이 하는 말만 잘 들어줘도
살 수 있는 데까지는 산다 그럼에도
몸은 얼마나 타고났는가
더러운 것이 들어오면 몸속 누군가 대신 싸워주고 더
더러운 사람이 접근하면 곁의 몸이 쫓아내지 못해 파르르
이 몸을 누가 끙끙대며 만들어낸 건지 모르지만
완벽에 가깝다 입으론 처음 듣는 말도 만들어내고
혹 그를 죽일 수도 있는 몇 마디도 가졌다
그를 잡을 두 손과 함께 걸을 수 있는 두 발도 있다
그런 몸과 함께하려 모든 걸 잃을 감수까지 하며
왔다 남들은 어떻게 견디고 있는 건가

입맛을 위해 뜨거운 태양 아래 과일의 단맛을
최대치로 올리려는 그 나무의 애틋함
가을 마지막 햇살을 받아가며 밥 한 그릇이 되려 하는
벼이삭 어느 산골의 논둑 사이였나 잠은 어떠한가

머리맡에 무거운 짐 내려놓고 잠이 들면 모든 생각들이
잠겨 할 일이 없어지는 이 무서운 집중은
그곳으로 한 발씩 가는 연습을 반복하게 하려 함
놀라지 말자 죽음마저 신(神)의 기교였으니

이런 완벽한 몸이건만 가보지 않은 산모퉁이를 낀
구불구불한 길이 다정스레 손짓한다 들어서는 순간
망가진 적 많았다 그럼에도 뒤통수를 얻어맞을 때까지
줄기차게 가려고만 했다 그건 아무것도 아니었다
정신 못 차리고 몇 발 더 가면 도끼로 맞을 때도 있었다
이해할 수 없는 건 그 이후다 지난날보다 조금 더
완벽함에 가까워진 사람 제 몸을 펄펄 달구어서
수억 번 내리쳐 칼이나 호미가 되듯 비로소 쓸 만한
연장이 된다는 말을 어떻게 납득할 것인가

망각곡선(忘却曲線)

갈대만 혼자 흔들리겠어요 나도 남몰래 흔들릴 때
여러 번 있었지요 한동안 그 일은 사소한 인용조차
앗아갔지요 한순간, 한순간이 거기 있었다고 잠잠한
지금도 기억은 몇 토막씩 떨어져나가고 있긴 해요

기억을 오랫동안 갖기 위한 좋은 방법은 복습이지요
처음 학습 후 10분 뒤에 다시 복습하면
하루 동안 기억이 남아 있지요 하루 지난 뒤 다시
복습해주면 일주일이 가지요 돌아오는 일주일 뒤에
재차 복습을 해주면 한 달 이상 기억을 할 수 있지요
한 달 후에 다시 복습하면 6개월 이상
기억을 가질 수 있다는 망각곡선을,
학습을 위한 방법이지만 역으로 내게 왔던
갈피 잡을 수 없던 사람 떠나면서까지
흘리고 간 눈빛들 드러낸 감정마저
주워 담으려는 의도였지요

창밖으로 소소한 풍경들이 음, 음, 지나가듯
아무것도 아닌 것들도 음, 음, 떠나가긴 해요
필요 없는 부분이지만 그 묘사도 기억이기는 하겠지요
막고 싶었던 마음 포착하려는,
조금만 더 갖고 싶은 게지요 사람은 가도
그 사람이 만졌던 기억의 뼈대는 남아 있어

거기에 살을 붙이려는 건 내가 말을 해야만,
그럼으로써 세상에 태어날 수 있으니까요
남들은 음, 음, 날려보내기도 하지만
스스로 가두는 내 자신만의 통로가 있지요
세상에 와 한순간에 잡혔던
그런 내가 지속될 수 있게 그 통로로 걸어들어갔다가
걸어나올 수 있었으면 해서요

머나먼 별자리

누구도 밖의 세계를 잘라버릴 수는 없어요
본디 있던 자리 원위치는 쉽게 드러나지 않는,
쩍쩍 들러붙는 것이지요
낡은 책상 위에 책 몇 권 엉켜 있고
빠져나간 옷걸이가 대롱거려요
그것만으로 나를 통과해서 나아갔듯이
집이 불뚝거릴 때도 여러 번 있기는 해요
출발했던 곳으로 돌아와야 할 여행중인 사람
집의 단호함으로 돌아오지 못하는 이도 있어요
조금이나마 자신에 대한 문제를 풀려는 사람이지요
사이에 끼어 있는 이들 밖으로 기우는 성향은
그들이 풀어야 할, 그렇게 죽었다면 남겨진 사람은
미루나무 밑에서 기다리겠지요 다음 생에서라도
풀어야 할 것을 어떻게 알아차리겠어요
늙어서도 알아차리지 못하는 문제들은 느닷없이
밤에 마주치는 시커먼 건물의 겉모습 같아요

시커먼 건물 안의 누군가를 찾아가려 지하철을 타요
창밖에선 잘못 맞춘 어제들이 획획 굉음을 내며
조금씩 흥분을 해요 지금은 여기 있지만
머나먼 그곳으로도 곧 도착할 듯해요
아직도 몇 그루 미루나무들이 남아 있다면
나를 기다리고 있을까요 어릴 적 기차 창밖으로 본,

바람에 포개어진 반짝이는 잎들

그땐 반짝이는 것들은 무엇이든 주워 모았어요
밥 한 그릇의 뜻이 머나먼 별자리라는 걸
상상도 못할 때였지요 앞에 앉아 있는 이를
미루나무 대신 올려다봐요
그들도 수런거리고 있기는 해요
지하철의 속성처럼 그렇게 등을 돌리는,
마주앉았던 이와의 관계는 단 한 번뿐이었어요
본디 있던 자리를 막 빠져나온 듯한
젊거나 늙은 사람들 배가 불거져 나왔어요
아침부터 무슨 잎들을 그렇게 먹어뒀을까요
아무래도 저장할 곳을 잘못 찾아낸 것 같아요

그렇게 쓸데없는 걱정을 하는 나는
마주앉은 사람들의 꽉 다문 입을, 무심한 눈을
아주 사소한 수런거림조차 쉼 없이 흘깃거려요
반짝이던 그 많은 물건들이 더는 눈에 띄지 않는지
내 몸은 그렇게 빨리 죽어가는지
그들에게서 행여
답이라도 알까 해서요

만파식적(萬波息笛)

　모든 파도를 잠재우게 한다는 대금은 가을 소리다 여자의 몸처럼 열 개의 구멍을 가졌다 다른 악기에서는 볼 수 없는 비밀의 청공(淸孔)이 하나 더 있다 단옷날 갈대를 잘라 헝겊에 싸서 뜨거운 김으로 데웠다 다시 찬김으로 식힌다 거듭할수록 노란 빛깔의 막이 질겨진다 그걸 살짝 붙인 얇은 청(淸)은 떨림판 역할을 한다 애절함과 경쾌함이 넘나드는 맑음과 탁함의 미묘한 경계에 걸려 있는 소리 막음이다 연주하기 전에 할 일은 건조 상태에 있는 구멍에 침을 살짝 묻히는 것이다 뜨거운 입김이 들어가야 닫힘과 열림의 울림이 난다 중요한 것은 배꼽 아래 힘을 모아 입 밖으로 '허'내미는 뜨거움, 그것이 가을 소리 여자의 소리이기도 하다 대금은 속에서 나온 뜨거움이 입천장, 입술, 혀에도 걸리지 않고 곧바로 나오는 홀소리다 우주에 깊이 접속할 수 있는 표현이다

　아 아 아 ~~아 아 아~~ 아 아 아 아 ~~ 아 아 아 아 ~~ 아 아 아 아 아 아 아 ~~ 아 아 아 아 ~~

머뭇거리지 마라

불두화(佛頭花) 흰 꽃이 활 활
무성이라 벌 나비 오지 않지만
마음으로도 채울 수 있는 법 기억해요
꽃이 화려함 넘쳐
그러나 사랑이 들어 있지 않은 것처럼
무심코 한 송이 내밀었을 때 머뭇거림 없이
마음을 움직이고 싶었는데
무얼 하나 맺을 수 없어
그가 공기 속을 무정하게 휘젓고 갔을 뿐인데
모든 꽃들을 저항할 수 없게 하고
내게는 후렴만 남겨요

그의 탓으로 돌렸다

더이상 쓸모없게 된 것들이 있다 버려야 될 것들
한때는 좋은 선택이라고 말했었다
쌓인 물건들이 끝도 없다 그런 것들도 분리를 거쳐
마지막 가는 길은 매립장이다 혹, 가기 전에
불태우는 방법도 있다 전에 많이 했던 일
어두컴컴한 땅속에선 자연히 썩지 않는다는
나의 뇌 속 벌판과도 흡사하게 닮은
이 벌판에서 있었던,

이 벌판에서 있었던 실수는 오로지 내가 저지른 잘못이다
그러나 그들과의 실연은 망가져 쓰레기의 과정을 거친다
그후에는 때때로 틈틈이 그놈의 분석에 밤을 지새운다
실패를 거듭할수록 그 생생함으로
다시 만들 수 있다는 비유도 있다
수학처럼 다른 언어로 기록해야 할 필요도 없는데
이렇게 풀어내려 애를 쓰는가
풀어봤자 내가 아닌 그에게 탓을 돌리겠지만
나무에서 꽃이 떨어져 땅 위를 더럽히고 나서야
꽃의 환상에서 자유로워지듯 그런 뒷걸음질 후에야
내가 나인 것 같은 이런 곤함을,

이런 곤함이라는 것도 내 것은 아니다
몸에 물이 넘실거리듯 차고 넘치는 것도 쉽게 말하면

내 윗대 중의 어느 여린 한 사람
이루어지지 않은 연애질의 슬픔으로 점령당하여
또 그것이 칼날처럼 박혀 그 칼날을
제 힘으로 잡아 뺄 수가 없었으리
그러니 후대의 어느 한 사람 역시
그 슬픔을 잘 받아들이고 견디기도 잘할 것 같은 몸안으로
핏줄을 타고 흘러서 온 이를 어떻게 뿌리칠 것인가

내 갈비뼈 몇 번째 마디를 점령한 이여
받아들일 수밖에
내 입술이 잠깐 한 사람의 입술에 붙어 있었을 뿐인데
얼마나 치사한 일인가 그걸
윗대 여린 한 사람에게 뒤집어씌우다니 쯔쯧……

비밀

칠흑이다 칠흑의 식물이 마디에서 마디로만 자라듯
한 발 들면 그다음 발의 마디가 길어지는 순간,
칠흑이 눈을 파간다 비집고 들어서는 길에
거미줄이 찢어져 얼굴 돌렸다
끈적거리는 미혹을 걷어낸다
막다른 끝에 빛의 흔들림으로 몸이 몇 가닥
질러가 뒤를 보면 독백뿐이었다 일탈 후 이것 역시
지나가겠지 그쯤에 씌웠을 누군가 앉아 있다
돌아앉은 내 눈꺼풀 깜박여도 그 사람 닫혀지지 않는다
어떤 시(詩)도 비밀을 빛나게 해주지는 못했다
있다가 사라지는 나처럼 그것을 정확하게 표현할 만한
문장들이 어디 있겠는가 조용히 나를 거쳐갔기에
내가 아니라고 말할 수도 없다 그것을 어떤 은유로
그렇게 오래 그렇게 영원히 몰아붙일 수 있겠는가
다른 이가 공유할 수도 없는, 죽음도 그의 편이었다
흘린 눈물들이 다시 내 눈 속으로 들어오듯
맨살에서 울려나오는, 내일은 어김없이 그것과 다른 날
찾아오겠지만 마디에서 마디로만 자라는 내 심장에
정위치로 탕 탕 탕

빗방울 전주곡*

은빛 5월의 창가에 앉아 있네
커피 한 잔과 오선지 놓여 있는 오두막
지붕을 음울하게 때리는 빗방울아
그 곡을 들으며 마시는 감미로움을,
그러나 내 옆의 불화들이여
방금 벌목한 트럭이 지나며
마지막 남았을 수액을 흘리고 가네
그렇게 스쳐갔다는 것은 누군가의 깊은 한숨
감미로움은 가장 깊은 한숨이 거기 있었다고
뒤집어 하는 말
악보를 얼마나 치댔으면
달콤해지기까지 했겠는가 여기까지 온 건
그 많은 한숨들이 어느 한 지점에 앉아 있을 사람을
겨냥한 것 아닌가 몇 월 며칠 창가에 앉아
빗방울 소리에 몰입하라는 내역이 달력의 숫자로
그렇게 찾아가는 것이 아니라 찾아오는 것 아닌가
언제부터 시간에 휘둘려왔을까 그가 잠시 비켜준
이 음울함 무덤 앞처럼 은빛 적막 그래도
내 옆의 불화들이여 모든 작품은 격정의 표시였네
죽어가는 그에게 어쩌자고 빗방울 전주곡을 재촉하는가
감미롭다며 아무렇게나 퍼질러앉아 듣는 둥 마는 둥 하며

* 쇼팽의 24개 전주곡 중 15번째 곡의 별칭

빨간 스웨터

나무들의 겉옷을 살핀 적 있었다
여린 줄기를 감싸주기에 아주 좋은 옷들이었다
줄기를 살찌게 하더니 그 옷도 벗겨
더 든든한 겉옷을 입혀주었다
그런 겉옷으로 만든 코르크 병마개를
환상이 사라진 날 따봐라 구부러진 채로
엉거주춤한 언덕 위의 포도나무들
발효된 포도들의 껍질만이 꽃을 어떻게 아껴두었는지
즙의 달콤함이 목에서 움찔, 선뜻 들어서지 못한다
누가 든든한 겉옷을 내게도 선뜻 입혀주었을까
어린 시절 입었던 옷들, 그 옷들 벗듯이
잠시 입었을 빨간 스웨터
전에 입었던 옷들에 관심 두지 않듯
푸석푸석한 낙엽 한가득 내 입에서 머무는 날엔
나무들의 겉옷처럼 그 옷을 걸친 수많은 가지들이
세상과 어떻게 어울려 보냈는지
코르크 병마개 속에서 숨죽인 달콤함을
맡아보고 또 맡아보는 건
활짝 핀 꽃에서도 허무를 감지한 이후가 아니겠는가

삼나무 반지

　죽은 나의 BC 4800년 전의 일이 불현듯 BC 4800년 전의 일을 벅찰 정도로 내게 묻네요 부엉이 몇 번 울면 와서 내 것으로 서 있겠다고 상형문자로 써내린, 왕에게 하듯 내 이름에 동그라미 둘러주었어요 떠났다가 다시 오는 걸음에도 동그라미 있듯 평생 동안 돌아올 수 없어도 다시 그 자리에 서게 되는, 하루와 평생은 맞물린, 불멸과 허무 사이에 우리가 오래 짧았음을, 사랑과 부엉이 울음 위에 잠든다는 말은 동의어, 내 주위와 그의 주위를 섞어 쓰던 시절 삼나무 반지 구하러 몇 겁의 숲으로 떠나기 전 심장과 연결된 나의 네번째 손가락 비워두라 했어요

속절없이와 거침없이 사이에서

전화번호만 누르면 함께한 관계들을 아직은 볼 수 있듯
관계란 언제든 끝낼 수도 있는,
입술 위에 맺혀 있는 물방울이려니
그가 있는 쪽으로 갈 수 있는 길을 막겠다는 말은
가서는 길이 끊기고 없다는 것이다
어떤 이의 전화번호는
오랫동안 아무 일도 일어날 것 같지 않아 보인다
온갖 풀섶을 뒤집어가며 보여주는 이도 있다
그윽한 봄날 포근한 바람 속에 매어 있어라
어디에든 걸터앉아 속절없는 말들 받아내고 싶은,
저쪽의 마음 모를 것 같을 때 거침없이 가위질한다
얼마나 가볍게 잘려나가는지 그의 거침없음을 얻으려
구질거리는 나를 다시 붙여야 할 이유도 없어졌다
싹둑, 과감함에서 오는 상쾌감을
오래전부터 내 손은 알고 있었듯

비 퍼붓는 밤이었나 아이 혼자 싹둑싹둑 가위질에 몰두
할 때
누군가 이야기 길게 싹둑, 자르지도 못했다
옷감 찢기는 소리 좋아했던 여자 장안에 그 소리뿐
나라가 망했다는,
누군가 거침없는 비유나 하던 어른은
나의 오래된 특기

062

한 치의 삐뚦 없이 정확한 특기를
지금에서야 속절없이 내 손이 기억해냈다 숨을 잘라가며
연습한 건 그와 거침없이 이 봄날을 함께 느끼고 싶어도
나만의 열망이라면 속절없이 아파진다면 그건 내 몸이
내 몸을 강타해서 알게 해준 것이다

작은 숨막힘도 견디지 못하는 건 내가 약하기 때문
몸이 먼저 선수쳤다는 걸 얼마나 뒤늦게 알았던가
봄날을 그와 함께하면
봄날의 균형을 깨뜨려버릴 것만 같다
내 몸의 온도와 바깥의 온도가 같아져서
솜사탕처럼 작은 설탕 알갱이들이 만나 뜨거운 열기에
겹겹이 구름 만들 때의 부풀어오르는 마음 누르면서
잠시 올라갔던 내 몸의 온도를 조금만 낮춰보려
혼자 썰렁하게 잠시나마 걸어보자는 것이다

서한

진흙 종이에 갈댓잎으로 만든 펜을 꾹꾹 눌러 잊어버리면
안 될 말을 나는 쓰고 또 썼네 며칠 말려 딱딱하게 굳히면
오랜 시간 지나도 읽고 또 읽을 수가 있을 것이네 상자 속에
넣어 보낼 때는 누가 꺼내볼까 뚜껑 위에 진흙 한번 더 발랐
네 동물을 새긴 도장도 눌러 찍었네 초승달 지역에 살았던
그 옛날 내가 보낸 서한을 간직하고 있을 것이네 사람들은
그때를 오래된 시대라 부르겠지만 이 생에서의 마지막도 나
는 쐐기문자로 기록하네 오래전 대홍수를 기록한 문자를 다
시 보고 상자 위에 도장 찍힌 내 서한도 다시 보겠네 하루종
일 머뭇거리는 나를 아무도 알아차리지 못하지만 문자가 나
를 평생 사로잡듯 절망의 서한들로 아직도 남아 있을 먼 그
곳, 티그리스 강가로

숲의 미래

미래란 여기 지금 이곳이지요 살아 있는 숲을 굳이 옮겨 놓는 건 있었을 뻔했던 일, 오늘의 환상이지요 숲을 흩뜨리는 마음 개의치 말아요 그 숲은 발길 뜸해 들어서기만 해도 나뭇가지들이 손등 할퀴어 내 손 잡아주었어요 그날 스쳐 갔던 온갖 종류의 나무들 다시는 볼 수 없을 거예요 우리가 내뿜었던 숨결은 뿌리에 고여 있을 거예요 가파른 중턱에서 막아선 나무도 있었어요 멈춰 날 안았어요 그런 흔한 몸짓은 숲의 권유라고 말할 수도 있어요 그를 나무 아래 남겨두고 조팝나무 꽃에 가 있은 건 내 안을 펴려고 툭툭 떨고 있는 것을 숲을 거둔 것보다 더한 강렬함이 내게 며칠 위안을 줄지 모르겠어요 한동안 나무 아래에서 떼어내진 못하겠지요 몇십 년 지나 한 번쯤 들르겠지요 사는 게 스산할 때 죽음이 그 냄새를 조여오면 가장 먼저 떠오를 장소 그때까지 뜨거웠던 손이 살아 있을지는 모르겠지만 그 나무 아래에서 한참을 머물다 가겠지요

연애의 위대함에

연애가 기이한 목덜미 갖고 있다는 거
함축되고 기교 잔뜩 붙여 읽기 까탈스럽다는 거
알기는 했었지요 바라볼 세상이 알아내야 할 것들로
더 넓게 가기도 한다는,
그 모든 것을 합한 연애의 총칭
이 종합적인 예술을 누가 칭했을까요
누가 그쪽으로 세게 밀었다고 생각하세요
푸르고 촘촘한 환상으로 감긴 회오리의 거미줄이
어디엔들 또 걸려 있겠어요

연애에 대해 어떻게 대처해야 하는지
그걸 가르쳐줄 물질이 내 몸 어디에도 입력된 적 없어
갈팡대는, 그도 다른 물질에 속해 있어 맞히기 어렵겠지요
그걸 녹여줄 만한 물질이 없으니
흘러넘칠 수 있는 물길만 내 안에 남겠지요 눈물
콧물 터지기를 기다리는 이 범벅을 감당할 수 있는가,
그걸 느끼기 위해선 내 눈물을 퍼부어줘야 한다는 것을

이 까탈스럼을 억제하다보면 불쑥 해서는 안 될 말
튀어나와 기어이 기폭제가 되는, 픽
픽 뇌 속이 산산조각 터지면서 헤어지게 되는
결정적인 계기가 되지요 그건 숨이 빠져나가는 소리
숨막힘에서 푸 하고 내쉰다는 말

안 하면 숨을 막는다는 뜻이니까
연애의 실패는 그것이 좌우하지요
숨을 막느냐 쉬느냐 그래도 한 번에 죽는 것보다 살아서
조금씩 죽어가는 게 그나마 기억하기 낫지 않겠어요
얼마나 오래 폭식을 하여야만
이 고픔에서 벗어날 수 있을까요
이 짐은 어디로 가고 있나요

그로 해서 무너진 사람
어느 길목의 무덤으로 서 있을 나무로 남겠지요
그 아래 떨어진 낙엽들이 무수하게 눈물 맺혀 있듯
부시시 오랜만에 거리로 나왔어요 거리에선
연애의 실패를 눈물 콧물로 만든 온갖 가수들이
목을 내놓아 부르네요 그것만이 아니네요
불멸의 시인들이 눈물 콧물로 쓴 시(詩)들이
이렇게도 많이 내 발걸음에 걸리는 줄 몰랐어요
뒤의 아픔들을 이렇게라도 달래주고 있네요
엎드려 밟고 지나가라고 몸을 디밀어주네요
콘크리트 바닥이 흔들흔들 겨울인데도 넘실넘실
나를 들어올려주었다 가볍게 내려주네요 몰랐어요
온 세상 그 안에서 출렁거리고 있었다는 걸
나 그 안에서 태어났다는 것도
정말 생각 못했어요

외모는 속임수다

미국의 29대 대통령 워런 하딩
잘생긴 탓에 당선되었으나 최악이 된 사람
동물들은 왜 생김새로 성격을 짐작할 수 있게 만들고
사람의 외모는 천 가지 감출 수 있게 해서
움직일 때마다 왜 사건이 되게 하는가
입을 잘 들여다보면 가려낼 수도 있을 것 같다
첫 만남에 온 감각을 작동시켜 돌아오자마자 기진맥진이다
자기 전 그가 했던 말 부스럭거림
받은 느낌들을 틀고 다시 틀었다 그래도
실패할 확률은 살아온 날보다 많았다
소설가들이 소재로 써먹던 나 너 그들 외모에 반해
생이 망가진 남자, 망가진 여자들 본보기 때문에
미리 놓쳐버린, 몇 가지 살핀 뒤에 놓쳐버린,
다 와서 놓쳐버린 사람들 어디로 갔나 죽고
또 사장돼버린 소설의 내용을 귀담아듣지 않았다
나는 내 식으로 쓸 것이라고 결정했기에
처음 본 사람들은 늘 그렇고 그랬지만
몇 번은 쿵 하고 넘어진 적도 있었다
속임수는 달콤함에서 얻은 한순간이다
그래서 창이라는 눈을 주었으나 아무리 들여다봐도
완벽하진 않았다 한 사람 한 사람이 얼마나 다른지
한 사람 한 사람이 얼마나 쉽게 천 가지를 숨길 수 있는지
신(神)은 상대를 얻는 것보다

오랫동안 추억이나 안아주라 했다
어떻게 빠져나오라고 이렇게 만들어놓고
비탄에 잠기지 마라 포기하지 마라
문제만 잔뜩 내놓고 한 번도 풀이를 해주지 않는
망할,

아틀라스

　우거진 하늘 축을 어깨에 짊어지게 된 이가 있다 운명은 차디찬 감촉이다 나를 확 펼쳐놓으면 커다란 중심 내용이 있고 그와는 한층 다른, 잘게 조각난 내용들이 개미처럼 움직인다 정말 여러 번 모든 줄거리를 바꾸려 했었다 그럼에도 갑자기 맞닥뜨린 그 일은 피할 수 없었다 추적추적 젖는다 저만치 앞서, 내가 찾지 않아도 기어이 날 찾아내는 그걸 반복하는 이가 운명, 없어서는 안 될 가압 장치라며 아틀라스도 운명을 바꿀 기회는 몇 번 있었다 별들이 어깨를 콕콕 찔렀다 어깨에 천 한 장만 대줄 수 있다면 좋겠다는 그 말 들어주었으면 밤 울음 새 되어 날아갔을 것을 쩩, 쩩, 운명이 으지직 삼켜도 뱉어낼 수 있는 말은 두 마디뿐이다 거기에 대해 나는 이런저런 쓸데없는 말 하지만 이루지 못한 꿈들은 여전히 날아다녔다 운명은 운명만이 관여하는 일이 있었다 내 머리 축을 내 아틀라스 근육이 아직은 짊어지고 있다 당신이 잠깐 내 대신 어깨에 천 한 장 올려놓을 수 있게 들어준다면

　나 다시는 이곳으로 날아오지 않으리

웅덩이

쪼그리고 앉아 비 그친 뒤 웅덩이 속 나직이, 거짓말처럼 하늘을 건 너와 나직이 고개 숙여 볼 수 있는 유순하였던 때가, 하늘과 웅덩이도 그렇게 나를 끌어들였던 그런 때가 있기는 했었다 한 아이의 첨벙, 단 한 발자국만으로 금이 갔다 남아 있는 건 흙탕물이었다 아이를 흙탕물에 밀어넣고도 풀리지 않았다 형제들 이웃 아이와 싸워도 매번 나만 혼났다 싸운 이유를 한 번도 내게 묻지 않았으므로 금이 가기 전까지가 유순의 끝이며 금이 간 이후는 스스로 내가 날 지켜주었다 옳다고 생각되면 누구라도 웅덩이에 밀어넣지 못해 죽을 것만 같았다 죽을힘을 다해 버티는 건 나의 철칙, 꿈도 흙탕물에 얹어놓았다 쓰고 사랑하는 것도 그쯤에서다

어쩌다 지나치는 시골길 비 그친 뒤 웅덩이를 마주하기도 한다 그러나 이제 쪼그리고 앉지는 않는다 하늘이 나의 죽을힘도 아니다 비의 기둥처럼 흐릿하게 서 있을 뿐이다 한 사물이 저를 키워준 품처럼 나도 그 뜻을 이제 알고는 있다 이제 울 줄도 알고는 있다 그러나,

윌쯔카나무

걷기 위해 넘어지는 것부터 배웠다 아무렇지 않은 무릎이 아니다 피가 흐르는 무릎 내려다보곤 창피해 벌떡 일어났다 지금 넘어지면 어떻게 살 것인가 생각하다 일어난다 쓰라림도 버릴 것 없다 상한 자리에 말라붙은 살이 근질거려 다시 뜯어보는 아이다 아이만이 무진하다 내리누르는 체중 견디는 무릎 말고 끊임없이 넘어지려는 내 속의 큰 턱도 딱하다 그 앞에서 속도를 줄이거나 한번 더 멈추라는 방어의 턱, 삶은 모호하므로 어떤 것도 명확한 답은 없었다 그때그때 시금치 다듬듯 뿌리 자르고 흙을 털어냈다 그렇다면 모호하지 않은 것이 있기는 한가 나를 떠받쳐주는 행성 외따로 자리잡고 있어 나도 어디를 가던 외따로 자리잡는 그것인가 비할 수 없이 아름다운 내면에도 무슨 일이 일어나고 있다 그도 잠시 넘어졌을 뿐인가 그의 숨결에서 가장 더디게 자란다는 윌쯔카나무를 그와 나의 두 손으로 심어보진 않겠어요?

유령과 함께

깊은 밤중에 누가 불렀다 거실 이곳에서 저쪽까지 어슬렁 뒤꿈치 세우고 허옇게 벌판을 가로질러가는 밤의 혼령들 정원 사이에서 누군가의 옷깃을 스치지 않게 몸을 드러내지도 못하고 내 앞을 지나가버리는 그의 품을 안아보았다 깊은 잠에 들어간 사람들 갓 주검과 흡사하게 물컹거리는 몸이 녹는 중이다 무덤같이 정신 잃은, 누가 나의 길쭉한 잠을 싹둑 잘라 직립하기 좋게 만들었다 곤한 잠 속으로 다음날 소리 없이 와서 잘라내기는 쉬웠으리 몸의 애타는 리듬을 이용해 찾아왔다 와서 내 것을 뺏어가는 근심이거나 그는, 나는 살아 직립으로 있지만 희미한 형체로 어슬렁거렸다 아무래도 나는 오래전 존재하지도 않았던 죽은 사람 같다 유령도 이런 기분일 것이다 사람들 틈에서 희미한 형체로 어슬렁거려 살아 있는 건지 죽어 있는 건지조차 아득해 분간할 수 없었을 것이다 나처럼 이 공허가 두려워 갑자기 비명을 지르거나 으스스한 발소리를 내며 침묵을 깨려, 혹은 침대를 날아가게 만들고 싶었을 것이다 깨어 있는 한 침대는 무용지물이다 그러니까 세상엔 잠 못 드는 유령들이 얼마나 많다는 뜻인가 유령처럼 외로웠을 것이다 한밤중 할 수 있는 일은 무언가 밖으로 나가 걸어다닐 수 있겠는가 어느 누구와도 단절된, 그러니 희미한 형체로 직립으로 서서 유령처럼 허옇게 밖을 뚫어져라 내다볼 수밖에 첫닭아, 어서 울어라 내가 사라질 수 있도록

A와 대타 B

메밀꽃 꽉 찬 화면 고개 돌렸네. 곧 갈 수 있으니 며칠 내로 가령 A와 함께라면 어떨까. 시간이 휙 간다는 걸 잊고 다시 어제를 보냈겠네. 가령 B라는 사람과 갔을 때 강줄기 따라 심어놓은 메밀꽃들 다가가면 마음이 꺼뭇꺼뭇, 메밀꽃 이미 져 꺼뭇꺼뭇, 꽃들조차 조금도 기다려주지 않고 휙 가버리는데 며칠 사이에 저 홀로 졌을 내 마음 못 오게 하여 수시로 홀로 져가고 있음을 메밀꽃 보고 확인했겠네. 가령 A와 꽃 앞이고 싶었는데 가령 B는 대타였기에 서운한 말만은 아니었겠네. 나도 누군가의 대타였고 가령 A도 누군가의 무수한 대타, 그 대타를 계속 필요로 하는 관계들을 나는 어찌했을까. 가령 다른 대타 B와 살면서도 끊임없이 찾고 싶었던 그 사람, 가령 A가 대타인지도 모르고 대타에 현혹되어 한동안 설렜으니 이 현혹도 대타의 것, 계속 대타를 필요로 한다면 가령 A를 떠나보내는 일이 얼마나 가치 있는 일이냐고 묻겠네. 그렇다면 가령 A는 무슨 말로도 쉽게 다가갈 수 없는 자연스럽지 못한 사람, 불필요한 존재라고도 할 수 있겠네. 모든 관계에서 선택해야 할 사람은 나였던 것이겠네. 그럼에도 한번 더 가령 A와 정담을 나눠보면 내가 상상했던 것의 반만큼도 되지 않는 그런 수많은 A를 거쳐왔던 것이겠네. 가령 대타 B를 이해하는 방법은 가령 A 속에서 찾아봐야 한다는 말이겠네. 그러면 나를 찾아낼 수 있거나 아주 잃어버릴 수도 있다는 말이겠네.

무엇이 되어 다시 만날까

쉽게 들여다볼 수 없다 지중 식물이다 다가오지 못하며 숨만 붙어 있다 차마 드러내지 못해 두 손으로 누르는, 기회만 되면 뚫고 나왔다 널려 있어 흔한 것이 지천이듯 기억들이 우글거렸다 그것이 다른 이에게 거는 말은 뭉쳐 들리고 앞뒤가 맞지도 않는다 애틋이 그리던 그때와 지금이 섞여 있다 그런 걸 알아채긴 어려웠다 떠난 뒤에는 태양도 사그라졌다 그 벌, 얼마 동안은 달게 받아야 된다 조금 알아냈을 때 세상은 훌쩍 고개 넘어가버렸다 사랑은 비틀려서 얽히고 설킨 뒷골목 상가와 상가를 잇는 수백 가닥이 꼬여 있는 전선이었다 위험하다 수풀에 앉아 있는 돌아가기를 멈춘 새 한 마리, 사랑은 몇 줄 과학으로까지 밀려나고 몇 편의 엽서만 지붕 밑을 떠돌아다닌다 그런 질긴 흡착을 가진 몸도 죽어 한 움큼 흙이었을 때, 물론 처음엔 차갑겠지만 차차 흙과도 정분이 통할 것이다

치명적인가 묻는다

눈뜨고 첫 부스럭, 마음 흐려졌다며 빠른 걸음으로 강가
에 서요 물안개들이 괸 소리들을 누르며 집중할수록 서서
히 일어서요 한 장의 옷감처럼 스멀스멀 올라오는 흰 꽃들
의 추억들이 들춰져요 물오리들이 모여 정지하듯 무얼 하는
중일까요 살아가는 과정이 저렇게 펼쳐지고 있다는 증거로
상대의 목덜미를 쪼아대는 내 마음은 흩어지라고 하네요 내
내 이곳에 앉아 있는데도 안중에 없는, 움직임 없으니 나는
그저 없는 것이지요 살아 있는 모두는 치명적인 것들로 부
딪쳐 나방의 날개에 가득한 가루들로 날리고 있듯이 보여
요 가루들이 내 기억을 떠받쳐 여기로 왔듯 다 날아간 줄 알
았는데 죽어갈 수도 있을 치명적인 것들이 철퍼덕 오고 있
는 것 같기는 해요 어떻게 받아들여야 할지 공백으로 처리
하긴 부족해요 곧 물안개 걷히면서 마음의 표면이 드러나듯
이 마음도 한결 선명해지겠지요 그러나 선뜻 일어나 저 일
상으로 통과할 순 없지요 치명적, 이 글귀가 다른 생각들 다
가오지 못하게 하네요 이미 안개와 한편이 된 것처럼 이건
내 마음이 뿜어내는 허상인지 얼마간 머물지도 몰라요 서
로 다른 새들이 특유의 소리를 내며 지저귀는가 했더니 까
치 한 마리 등뒤에서 캑캑거려요 물가에 앉아 있는 게 불안
한가봐요 가라는 거 같아요 여긴 내 자리 아니네요 내 앞에
서 물안개가 연출하는 몽환을 봐야만 한다면 내가 연출할
것이 치명적인 것이라면 그래도 받겠어요 그런 경험은 모두
들 피하라 하네요 내 목숨도 내가 소유할 수는 없네요 내 사

고(思考) 너무 부석거리기는 해요 그것이 내가 성취한 모든 것 넘어뜨릴 수도 있으니까요 아무도 그런 나를 일으켜 세우진 않을 것 같네요

칡꽃 필 무렵에

만수산 드렁칡처럼 얽혀서 살자고 했다지만
칡은 누구와도 얽혀 기분 좋게 공생할 수 있는
그런 식물이 아니다
근처 식물들이 가까이 다가왔다가 치를 떨고 가는
알고 있는 건 칡에게 틈을 줘서는 안 된다는 것
칡 옆에 서성이지도 마라
이미 칭칭 감겨서 다음날은 돌아올 수도 없다
혹한에도 눈뜨고 있는 식물을 어떻게 당하겠는가

이른봄 강둑을 걷다보면 커다란 잎을 매단 채
지나는 이들의 무심을 기웃거리는 짐승을 보게 된다
칡은 연명을 모험으로 삼아 짐짓 얽혀 사는 것쯤
별것 아니라는 듯 한순간 정지도 없이 7월로 왔네
큰 잎의 겨드랑이에서 꽃들이 층층 매달리기 시작하면
나는 그들이 어디쯤 사라졌다 해도 곧 찾아낸다

꽃이 오기 전까지 잡초였다 발걸음 떼기가 즐거워지는 강둑
이 느닷없는 꽃들의 강타 훅훅 끼쳐오는 냄새 아찔하다
뿌리에서 줄기로 올라오는 어떤 감각이
이런 은밀함을 갖게 되었는가 무얼 대신하려는 것인가
칡꽃처럼 10리나 떨어져 있어도 냄새로 알아차릴 수 있
는 이가
나는 있기나 한 걸까 그러면 가던 길 정지하고

한참을 쿵쿵거릴 텐데 사랑 없이 어떤 꽃과도 나무와도
나를 끌어들일 수 없음을 7월
칡꽃이 아찔하게 내색할 때에 알아차렸으니
더디게 알아차려야 할 것들이
내 앞에는 이렇게도 많은가

직업

창가에 서서 추워하고 있을 나무를 보네 아직은
2월 매달린 몇 알의 은행 열매도 비 맞아 흘리었네
새가 한 알 입으로 돌려가며 굴리더니 더는 오질 않았네
그 생각 입으로 돌리는데 길 건너 남자가 절며 걸어가네
두 발로 걷는 쉬운 일도 누군가에게는 고통스러운 일
지겨워하며 어딘가 가야 할 때도
즐거운 생각하며 한 발씩 사뿐사뿐
방금 온 생각도 믿을 수는 없네
더 늙어가면 저런 날 기어코 와줄 것이네 몸은
쓸 수 있는 날까지 새로 산 물건 아끼듯 해야 하나
부지런히 써서 수명을 다해줘야 하나
조금 전의 생각 위에 붙들려 있네 지나갈 누군가
처음 대할 생각들을 한 짐 짊어지고 올 것이네
생각들도 깨우지 않으면 달콤함에서 빠져나오지 못하네
날 깨워 생각들이 잘려나가지 않기를
이 생각들의 줄기를 빨리 파악하여
한 편의 시(詩)가 완성되면 한시름 놓겠네
내 손에 매달려오는 수백 가지 생각들
서로 엉켜지지 않게 조심하였네 그런 생각 속에서
벌어지는 일들과 겨우겨우 조율하였네
다행히 생각의 함정에 넘어가지 않고
막 끝낸 한 편의 시 위에
펜과 생각들도 조용히 내려놓았네

칡꽃

산책길에서 뒤따르던 여자가 다가왔다 화장도 활짝
웃음도 활짝 열던 그 여자
메모지를 뒤로 숨겼다
이른 아침 여자들의 맨얼굴은 무섭다 그 여자가
산책하는 경로를 나와 맞추려 했다 악보와 펜을 들고
산책하는 베토벤에게 굳이 걷자 하면 어떠했을까
불같이 화를 냈을 것이다
나도 새벽 공기를 누구와 나눠 가질 수는 없었다
알은체하는 사이였는데 같이 걷는 중에
수없이 힘들다는 말을 쏟아냈다 들어줄 수밖에
칡꽃이 막 필 때여서 강둑엔 온통 보라색 안개 덩굴을 이룬,
근접한 곳에 있다는 걸 꽃들은 독한 냄새로 알리려 한다
그런 복판을 두 여자가 걸어간다
몇 송이 꺾어 식탁 위에 놓으라고 선뜻 받는다
반쯤 깨어 문을 열고 나오면, 혹은 수십 번 식탁을
스쳐갈 때마다 이 냄새가 마음을 진정시켜준다는 걸
오래전부터 익혀왔다 며칠은 몰약이 될 것이다
아름다운 꽃들의 격려 부디 칡꽃에서 위안 삼기를
나쁜 생각하지 않기를
살면서 그럴 때 있었다
그때만 넘기면 곧 활짝 필 수도 있다 얼마 지나면
또 그럴 때 오지만 어쩔 것인가 그때그때 칡덩굴처럼
누구라도 붙잡고 저, 지독한 향기의 꽃을 피워내야지

편폐하다

편애하다 쓰지 않고 편폐하다로 쓴다
쉽지 않은 말로 바꾼 건
한쪽으로 치우쳐 숨겨야 할 것 같아
창가 꽃들이 바깥으로 몸을 틀었지만
그쪽으로 목을 길게 빼고 있어 몇 번 돌려놨다
몇 번 휘어진 줄기들이 이내 부드러운 줄기로
바꾸어놓는다 빛에 이끌려갔다
내 집에 갇힌 식물들도 새장 속의 새들처럼
살아 있기는 하다 많은 식물들을 거두며
여러 번 주위를 오가며
때로는 엎드려 살피기도 했다
여전히 식물들과 함께이지만
그들의 비밀은 알 수가 없다
갇힌다는 것은 수명의 껍질을 갉아대는,
내가 아는 건 나도 죽어가고 있고
그들도 죽어가고 있다는 것

내 마음이 한 사람에게 편폐해 있어 말마다
죽어가는 각질처럼 그렇게 죽어가는 감정을
살아 있는 부분으로 채워주고 싶다
멋지게 뻗어가는 유의 식물도 아닌
흔해서 고립된, 그런 식물 앞에 가서
온몸 굽혀 엎어진다

내 입김 흘러나오고 불쑥
내 입에서도 한 줄기 새어 나온다
식물에게 잠깐 잠기었는데 휘청,
무성하게 뻗은 잎들이 밖으로 새순마저 치우쳐
사랑하는 것들 모두는 이런 연결 고리로
서로를 묶고 있다 그렇게 하여 하나를 이룬다
나만 고립이다 나의 잘못은 무엇인가

해바라기

나무의 눈 같은 것이 사람의 절(節)에도 있는 걸
해가 앉은 한참 후에야 받아들였다
뒤늦게 두어 발 늦었지만
어디든 질러가는 길을 알고 있었다
봄은 단단하지 못하다
싹 틔우려는 감탄을
몸으로 눈치챈 이들이 우르르 간다
식물들은 한자리에 있었다
반응은 없는 듯 보였지만 사람만 들락거렸다

푸른 잎들도 쉬어야 할 때가 있다는데
누군가는 쓸어 담겠다는 말
잎이 몸 틀었다고 단풍철이라며 우르르
동조한 적 없다 혹여
있었을까 덩굴손이 손을 풀지 못한다면
햇빛을 벗겨내봐
어쩌다 풀베기한 곳을 갓 지나면
사방으로 튄 냄새들이 복받쳤다
그 몸짓은 문제삼지 않는다 멈춰주며
풀들의 혈전을 나는 왜 생각하게 되는가
그들이 해에 흠씬 배어 있는 동안만 감탄한다
봄 또는 단풍철에 차들이 서로 붙어서 보면
도로에서 돋아나려 애쓰는 풀포기였다

그 힘을 멈추게 할 수 없듯
사람들 멈추게 할 수도 없다
그렇게 만나는 지점을 해의 혀,
풀의 질긴 껍질이라 말해도 되겠는가
나 역시 해는 내 몸의 헌 마디를
다시 새로운 마디로 끊임없이 만들어내니까

헌정

새벽 산책길 잠자는 것들을 뒤로 두며 걷는다
이미 들꽃들은 깨어 있다 새들도 막 날갯짓 멈춰
새들이 먹이에만 급급하다고 그렇게만 생각했다
어쩌면 틀린 생각을 이렇게 오랫동안 하고 있었을까
들꽃 몇 송이 꺾으며 꽃도 새도
나와 흡사하게 숨쉬며 그들에 둘러싸여 있다고
오늘 산책길에선 다른 질문 하나 받는다
지난번에도 훨씬 전에도 이 길을 걸어갔지만
이렇게 합쳐지는 마음은 흔하지 않았다
불쑥 그 안으로 잡아당겼다 몸이 더워졌다
그들도 누군가에게 혀와 가슴으로 바치듯
때로 더 화려하게 더 진하게 날갯짓도 우아하게
흔들고 있다는 생각이 든다
늘 힘들어하는 내 책상을 위해 들꽃을 꺾었지만
문득 이 꽃을 여기에 보내고 새들을 허공에 보내고
나를 만들어 강가로 보낸 이가 내 옆의 공기를 대신해
있기는 한 걸까 이 들꽃을 그에게 바치고 싶다
묵은 갈대가 속을 흔든다 강물이 자그그락,
꽃이 아니라 내 몸으로도 가능하다고 대신 중얼거린다
물속으로 소리 없이 들어선다면 나머지 사람들은
뭐라 할까 잠시 그런 합침을 준 그에게 그렇게
표시해야 한다면 깊이를 알 수 없는 바닥에
내 몸으로 묘비를 세우고 싶다

하루하루가 개망초의 한줄기와도 같다면
그 한쪽을 툭 분질러, 잠시 진물도 흐르겠지만
곧 멈춰질 것 그런 마음까지 품에 안고 풍덩

다시 쓰는 늑대론

암컷을 위해 목숨까지 버리는 늑대, 사냥하면 암컷에게 먼저 먹을 것을 양보하는 늑대, 평생 한 마리의 암컷과 사랑하는 늑대, 제일 강한 상대를 선택해 싸우는 늑대의,

철수와는 사이좋게 놀아야 한다더니 어느 사이 정자와 난자로 나누어놓았다 버림받은 여자의 비참함을 신문에선 거듭 거듭 시골 중학교의 늙은 여교장도 늑대의 속성에 대해 도무지 남자를 제대로 알 수 있는 기회를 이해할 시기를 너무 일찍 상실했다 그럼에도 어른이 되려고 말없이 자신을 눌러가며 참았다 어른은 무엇을 해도 용서가 될 것 같아 독립 그 자체인 줄 알았다 청춘은 그들과 술을 마셔도 취하지 않았고 머릿속엔 돌 늑대가 수시로 명령을 내렸다 그들은 여자와 달리 성에 대해 너무 많이 생각하는 것 같다 사실은 통제 없음이다 물론 냉혹한 사람도 있다 다른 문제를 안고 있는 사람이다 순간 속에 사랑이 있었다고? 온통 연인 생각으로 가득했다고? 몇 억의 정자 중에 최고로 잘난 하나를 확보하여 8만 5천 배가량 큰 난자를 한 달에 하나 만들어 사람 되었는데 세상은 어떠하신가 남자에 관한 몇 권의 책을 봤지만 그런 유의 책이란 읽고 나면 명쾌하질 않다 몇 가지 빼곤 알고 있는 내용들이다 그들 사회생활은 군대의 연결 고리 같다 그런 연결이 퇴직 전까지 이어진다 퇴직 후의 함정을 어떻게 견디나? 미래에 대한 걱정 부양의, 그러나 겉은 강해도 속은 약한 존재라는 것도 알고 있다 사소한

것, 즐겁지 않은 일은 금방 잊어버리고 곧바로 다른 생각으로 옮겨가는 것도 안다

　우리보다 먼저 이웃나라에서는 ~다움이 붕괴되었다 남자 화장품이 증가하고 부드러운 남자들을 선호하여 나라를 침범하려 배 타고 오는 것이 아니라 부드러움을 침범하려고 온다 그들도 오래전 무사가 사라졌다 어제는 금기시되던 것들도 오늘은 마음껏 할 수가 있는 시대다 농업 이전으로 거슬러올라가면 힘있는 남자들이 지위가 높았다 해서 남녀 차별이 생겼고 여파로 둔한 남자들의 성희롱이 아직도 일어난다 어쩌면 죽을 때까지 그들에 관해 정확한 판단은 할 수 없을지도 모른다 그저 인간으로서 바라보는 건 회피하겠다는 안일함이다

　때로는 밤과 낮 동안 홀로 사냥하는 최상위 포식자인 회색 늑대가 너무도 그리워, 나는

문득

몇 달 내내 어떤 문제에 대하여 내게 묻고 내게
답하라 했다 달콤한 답도 있고 써서 삼킬 수 없는
답도 있었을 것, 어디든 가는 곳마다 들고 다녔다
마트의 야채 코너엔 숨도 못 쉬게 밀봉한 브로콜리
비닐로 칭칭 감은 양배추 앞에서도 답을 얻으려 했다
너무 멀리 간 답은 신뢰도가 떨어진다 지운 흔적도
여러 갈래 어린 날 신발을 살 땐 한 치수 큰 걸 골라줬다
발에 맞는 걸 신으면 날아갈 것도 같았는데
언제부터 발이 자라지 않았을까 멀리 더 오래 걸으며
살아가야 하는데 발은 문득 왜 멈춘 걸까
아마도 그때부터 내 앞에 산재한 문제들을 스스로
풀어냈던 것 같다 그렇게 한 문제 풀면 다음 문제가
서성이다 가장 마음놓고 있을 때 도착하곤 했다
때론 문제가 난해했다 잘 안 풀리면 지겹다고
쉽게 풀리면 이것도 문제냐고 투덜거렸다 그 모든
문제들은 생각할 수 없는 저 너머에서 날아왔다
그러나 걸을 수 있는 한 열심히 풀 것이다
아침에 눈을 떴을 때 아직 몸을 세우기도 전에
그 답이 문득 왔다 바로 정답이었다
내 적막함의 표출 그것이 몇 달 내내,
거의 1년 가까이 사로잡혀 풀리지 않았던 답이었다
내가 왜 그 나무 아래로 갔는지 그 나무 아래서
왜 그토록 한숨을 지었는지에 대한 답이었다

마음에 너무 꼭 들어 날아갈 것만 같았다 자
다음 문제여 어서 와라 더 크고 힘찬,
내 머리를 쥐어짜도
풀 수 없을 어려운 문제여
나를 더 아프게 할 문제여
와라

해설

시라는 풍등을 들고 여기까지 왔네
박상수(시인, 문학평론가)

1. '낮은 곳의 우화'라는 내밀한 기법

안정옥의 이번 시집을 읽다보면 처음 제시된 현실의 구체적 사물과 사건이 이음매도 없이 부드럽게 하나의 '우화(寓話)'로 넘어가는 독특한 경험을 하게 된다. 조용하고 순간적인 전환은 자신이 알아낸 깨달음을 꼭 알려주겠노라는 일말의 으스댐도 없이 겸손하고 차분하며 내향적이다. 만약 높은 곳의 우화와 낮은 곳의 우화를 구분하는 일이 가능하다면 안정옥의 우화는 낮은 곳에 그윽하게 깔리는 새벽안개를 배경으로 하고 있다고 할 만하다. 삶의 한 국면을 벼락처럼 내리치면서 쪼개어 보여주는 우화가 아니라 자기 스스로에게 던진 질문을 고민하며 답을 구하려는 시인의 의지와 사유의 진지한 주고받음이 흙바닥에 발을 딛고 안개 속을 가로지르며 나지막하지만 치열하게 펼쳐진다고 할까. 흐릿한 안개 때문에 발이 보이지 않아 현실의 사람이 아닌 듯도 보이지만 그녀는 작은 1인용 풍등(風燈)을 쥐고 끝까지 그 불씨를 꺼뜨리지 않으면서 거친 땅 위를 걸어간다. 뒤를 돌아보면 막막하고 농밀했던 지난 발자국은 어느덧 삶에 대한 다양한 성찰의 궤적으로 뒤바뀌어져 있다.

자는 척하면 아버지가 나를 안아 건넌방으로 가는 몇 초, 내리고 싶지 않은 비행, 허공에 떠 날아간 몇 초가 있었다 아버지의 그늘, 커서도 그런 그늘 뒤집어쓰고 싶은

탓에 구더기로 허우적거리기도 했다 이 그늘에서 저 그늘
로 다시 다른 그늘을 찾아들었다 들키지 않으려고 물속의
낙우송처럼 차가워져갔다 누구나 그런 그늘에 매여 있어
자신이 뿜어대는 그늘을 떨쳐버릴 생각을 않는다 이미 들
어가 있으므로 사랑도 그렇지 않은가 그의 그늘 아래 있
지만 싸한 그늘이라 돌아서면 허구 같은 짧은 탄식이 잠시
동안 온 것이다 그늘이 내게 한 일을 알게 되었을 때 찾아
가야 할 그늘들이 멈출지도 모른다는 생각 문득, 문득조
차 남아도는 말은 아니었다 속박하는 말도 아니었다 스스
로에게 기울어져 내게만 있는 저 깊은 상심으로 가는 것,
그것 역시 그늘을 쫓는 일이다

—「그늘을 보내오니」 부분

'잠든 나'를 안아 옮겨주는 아버지의 자애로운 행동이 후
일에도 기대고 싶은 '그늘'이 되는 것은 자연스러운 일. 시
적 화자는 바로 이 현실적인 상황을 발판으로 삼아 자신의
사유를 삶에 대한 우화의 차원으로 부드럽게 같이 들어올린
다. 즉 처음의 사건에서 '그늘'이라는 비유적인 풍등 하나를
포착해낸 뒤 그것에 의지해 길이 보이지 않는 새벽길을 차
분히 걸어가기 시작한다는 말이다. '그늘'은 다양하게 탐구
된다. 누군가 나에게 일방적으로 드리워주는 보살핌 안으로
들어가기 위해 어른이 되어서도 그런 그늘 아래에서 허우적
거렸던 스스로를 "구더기"로 인식하기도 하고, 오로지 편안

한 그늘만을 찾아 이리저리 자리를 옮겨가는 편협한 속마음을 들키지 않으려고 "물속의 낙우송처럼 차가워져"갔던 일을 떠올리기도 한다. 표정 없이 차가운 얼굴을 하고 타인을 만났던 것은 실은 내면의 해결되지 않은 욕망을 가리기 위한 방어기제였던 셈이다.

　이런 방식의 낮은 전진과 끈기 있는 겹침은 비교적 일관된 시간과 공간 안에서의 개연성에 의지해 전개된다기보다는 상상의 자유로운 전개와 사유의 도약에 의지하고 있어서 안정옥 시의 특별한 개성을 만들어낸다. 얼핏 안정옥의 시를 읽으면 산문적 호흡과 무심한 듯한 행갈이에 고개를 갸우뚱거릴 수 있지만, 꼼꼼히 읽으면 마디마디 치열한 성찰과 새로운 단계로 넘어가는 이질적인 접붙이기가 있어서 평이한 서술이 시적 언어로 새롭게 감각되는 체험을 할 수 있다. 이제 '그늘'은 단순히 '타인의 자애로운 곁'이라는 애초의 의미를 벗어나 '그늘'에 길들어버린 스스로에 대한 성찰의 계기로 전환되었다가 "누구나 그런 그늘에 매여 있어/자신이 뿜어대는 그늘을 떨쳐버릴 생각을 않는다"는 구절에 이르면서 인간 보편 성향에 관한 인상적인 깨달음으로 변모한다. 그늘에 매여 그 안에만 있으면 자기 스스로가 부정적인 그늘이 되어 타인에게도 싸한 그늘을 뿜어대는 사람으로 변한다는 것을 잘 모르게 돼버린다는 것이다. 오래 삶을 겪어본 자만이 쓸 수 있는 뭉근하고 촘촘한 깨달음이다.

　흥미로운 점은 돌이켜보니 비로소 그늘이 자신에게 한 일을 알게 되어 "문득" '그늘'의 의미를 되새기게 되었을 때이다. 짧은 순간에 자기 내면의 깊은 상심으로 침잠하는 일은 어쩌면 고뇌를 업으로 삼는 시인에게는 자연스러운 일인지도 모르지만 안정옥의 시적 화자는 상심으로 침잠하는 것 또한 '그늘'을 쫓아가는 일임을 알고 있어 완전한 절망으로 가는 법이 없다. 뿐만 아니라 인용 시의 인용하지 않은 후반부에서 시적 화자는 다시 그늘에 집착하는 것이 아니라 타인에게 그늘을 드리워주려는 오랜 나무들의 풍경을 한번 더 제시하고 그래야 그늘이 정당한 윤리적 실천과 연결되는 것처럼 그려내지만, 그럼에도 이 그늘에서 저 그늘로 옮겨가는 인간에 대한 연민을 아예 거두어버리지는 않는 쪽으로 사유를 재도약시키며 조금 더 넓게 가고 멀리까지 간다. 이런 부분이 좋다. 안정옥은 '그늘'과 관련된 어떤 생각에도 손쉽게 승리의 왕관을 씌워주지 않으면서 제각각의 의미를 탐구해내고 모든 일의 흙 부스러기와 생목의 향기와 결절점들을 긴장감 있게 두루 살피는 인상적이고 풍요로운 시적 언어를 연출해낸다.

2. 바깥을 향한 운동성과 용맹함

다른 말로, 안정옥의 시를 읽는 일은 하나의 작은 싹에서 출발하여 마침내 벽을 타고 올라가는 순간까지의 담쟁이덩굴을 수개월간 저속 촬영한 뒤 그것을 단 몇 분 안에 돌려보는 일처럼 신비로운 일이라고 말해도 좋으리라. 시인에게는 담쟁이덩굴을 키워나가는 일이 오랜 시간과 고민을 필요로 하는 치열한 문답의 시간이었겠으나 바로 그런 이유로 안정옥의 시를 읽는 우리는 덩굴의 복잡하고 생생한 관계들이 기운차게 뒤엉킨, 생명력 가득한 잎과 뿌리를 함께 들여다보듯 감각하며 따라갈 수 있는 것이다.

처음 읽을 때는 낱낱의 따로 떨어진 새싹을 어루만지는 아련한 느낌에 사로잡히기도 하지만 다 읽고 나면 담쟁이 잎뿐만 아니라 뒤에 숨은 우글거리는 뿌리들의 자취까지 함께 되돌아보는 것은 물론, 뿌리가 쥐고 놓아주지 않는 습기와 벽의 부스러기까지 피부에 쏠린 듯 전부 느낄 수 있다 말해본다면 또 어떨까. 새벽안개를 배경으로 풍등을 놓치지 않고 쥐고 가는 사람의 이미지에서 담쟁이덩굴의 놀라운 뻗어나감으로 우리의 사유 이미지가 전환된 것은 자문을 대답으로 엮어가는 일, 성찰과 사유를 지속적으로 교차시키는 일이 풍요로운 시의 육체를 만들어내기도 하지만 과연 어떤 포기할 수 없는 힘이 이것들을 추동하는가와 관련된 궁금증 때문이기도 하다. 「무슨 기억에 이토록 시달리는가」 「청개구리라고,」 두 편의 시를 함께 읽어보자.

①
병원의 관사/ 뒤꼍은 때로는 안개 자욱한 허허벌판 그

끝자락에 있는/ 오두막까지 혼자 걸어가곤 했다 측백나무 몇 그루/ 막아서듯 나무의 무력시위 같은 거/ 부드러움의 속성으로 감춘 나무들이 아무 감정 없이/ 홀로 자신에게 만 집착하고 있는 그런 무심은/ 지금도 싫다 나무 옆에서 젊은 여자는 온몸을 쥐어짜며/ 통곡을 해댔고 몇 발짝 뒤에서 숨죽이며/ 나는 모든 걸 지켜보고 있었다/ 어린 날의 무수한 기억들이 그렇게도 많이, 그렇게도/ 오래 들러붙는지를 그땐 몰랐었다 멈춰 내 안으로/ 들어오려는 성향을, 그런 은밀함조차 알아차리지/ 못했다

　　　　　　　　　—「무슨 기억에 이토록 시달리는가」 부분

②

　뒤뚱 걸을 때 서너 살쯤 오이꽃 여기저기/ 터뜨릴 때 마당 질러가는데 창틈으로 엄마 앓는/ 소리가 새어나왔다 으, 저항할 수 없는 슬픔 같은 게/ 아직도 한쪽 내 몸에 고장난 시곗바늘처럼 멈췄다/ 그렇지만 어린 날 엄마는 내게 감당할 수 없을 정도로/ 버거웠다 (……)/ 결국 집을 뛰쳐나왔지만 이번에는 더 감당하기/ 버거운 남자를 만났다 (……) 그가 모질게 대할 때마다 밖으로/ 나갈 거야 밖으로 나갈 거야 내가 내게 치근댔다/ 저 밖으로 영원히 뛰쳐나가는 것이 나의 꿈이었던 적/ 있었다

　　　　　　　　　　　—「청개구리라고,」 부분

①에서 시적 화자는 서너 살가량의 어린 시절에 보았던 풍경 하나를 떠올린다. 병원의 관사 뒤꼍, 오두막으로 혼자 걸어가는 길에 나무 옆에서 어떤 젊은 여자가 "온몸을 쥐어짜며 통곡을" 하는 장면을 보았던 기억 바로 그것이다. 아마도 시적 화자는 이 모든 장면을 오래 지켜보았던 것 같은데 젊은 여자가 누구이며, 무슨 일로 통곡을 하는지, 여자와 시적 화자의 관계는 무엇인지 알기는 힘들다. 통곡하는 젊은 여자에 대한 화자의 감정이 어떤 것인지 파악하는 일 또한 쉽지는 않지만 이 여자와 가장 근거리에 있는 사물에 대한 묘사로 감정을 유추해보는 일은 가능할 것 같다.

즉 "나무들이 아무 감정 없이/ 홀로 자신에게만 집착하고 있는 그런 무심은/ 지금도 싫다"는 구절을 보면 아마도 자신의 고통이 너무 커서 그 고통에 사로잡힌 나머지 주변의 누구에게도 관심을 기울이지 못한 것이 바로 이 젊은 여자였을 것 같고, 바로 그 무심함 때문에 상처받은 것이 화자가 아닐까 하는 추측을 해보게 된다. 같은 맥락에서 ②는 ①보다는 구체적인 정황을 보여준다. 역시 시적 화자는 "서너 살" 무렵에 마당을 가로질러 가는데 창틈으로 "엄마 앓는 소리"를 듣는다. 화자는 그 소리에서 "저항할 수 없는 슬픔 같은" 것을 느꼈던 것 같다. 역시 구체적 일화는 더 이어지지 않지만 유추해볼 수 있는 것은 누구도 나누어 짐 져줄 수 없는 엄마의 절대적 고통과 그 고통이 자신에게까지 들이닥치는 것이 버거웠던 어린 화자의 연약한 내면이다. 시적 화자는 결국 집을 뛰쳐나왔고 더 감당하기 어려운 남자를 만났지만, 설명할 수 없는 삶의 아이러니쯤은 남에게 티내지 않기 위해 차라리 모질게 보이도록 자신을 위장하며 고통을 견디었던 것 같다. 얼마나 외롭고 지난한 삶이었을까. 중요한 것은 시적 정황의 사실성 여부를 따지는 일이 아니라 사랑받지 못한 마음, 상처받은 그 마음이며 그토록 오랜 세월이 지난 지금에도 그때의 기억에서 자유롭지 못한 자신을 발견하고야 마는 이 깊은 슬픔일 것이다.

덧붙여 ①과 ②의 '모진 기억'에서 벗어나기 위해 안정옥의 시적 화자가 끊임없이 스스로를 몰아서 더 바깥으로 나가려고 했던 점에 주목할 필요가 있다. "그가 모질게 대할 때마다 밖으로/ 나갈 거야 밖으로 나갈 거야 내가 내게 치근댔다/ 저 밖으로 영원히 뛰쳐나가는 것이 나의 꿈이었던 적/ 있었다"(「청개구리라고,」)라든지 "이렇게 쪼그리고 앉아 하고 있는 이 일이/ 내게는 타고난 아주 적합한 거라는 걸 말해주려/ 쉬지 않고 지구에서 달까지 걸어가듯/ 힘들게 내게 왔을 것 나는 미칠 듯이 그에게 가려고/ 온 힘을 다하여 손톱이 빠지도록 긁어대며 안달했던/ 그것"(「무슨 기억에 이토록 시달리는가」)과 같은 구절을 겹쳐 읽노라면, 기억에서 자유롭기 위해 자신을 몰아붙여 더 끝까지 가보려는 시적 화자의 '용맹함'을 발견할 수 있다. 1990년도에 등단하여 일곱 권의 시집을 내고, 여덟번째의 시집을 상재하려는 지금까지도 이만한 시적 긴장감을 갖출 수 있다는 것은 놀라운 일이다. 다음과 같은 시를 읽으면 어떤 난관에도 패배를 선언하는 일 없이 진한 생명력으로 꿈틀대며 더 바깥으로 나가려는 용맹함을 선명하게 확인하게 된다.

> (……) 내 앞에 산재한 문제들을 스스로
> 풀어냈던 것 같다 그렇게 한 문제 풀면 다음 문제가
> 서성이다 가장 마음놓고 있을 때 도착하곤 했다
> 때론 문제가 난해했다 잘 안 풀리면 지겹다고
> 쉽게 풀리면 이것도 문제냐고 투덜거렸다 그 모든
> 문제들은 생각할 수 없는 저 너머에서 날아왔다
> 그러나 걸을 수 있는 한 열심히 풀 것이다
> (……)
> 다음 문제여 어서 와라 더 크고 힘찬,
> 내 머리를 쥐어짜도
> 풀 수 없을 어려운 문제여
> 나를 더 아프게 할 문제여
> 와라
>
> ─「문득」 부분

끝까지 가보려는 용맹함, 혹은 '바깥을 향한 운동성'은 애초에 자신을 물들이는 고통에서 벗어나기 위해 어쩔 수 없이 이끌린 방향이었지만 이제 안정옥의 핵심적인 기질이 되었고, 그녀가 책상 앞에 앉아 언어를 다루며 한 질문이 다른

대답을 불러오고, 그 대답은 다시 잠정적인 질문이 되어 또 다른 대답을 향한 지속적인 탐구의 운동성으로 전환되는 데에 든든한 배경이 되어주는 것 같다. 인용 시에서도 언제라도 자신을 혼란에 빠뜨릴 문제를 "그러나 걸을 수 있는 한 열심히 풀 것이다"라는 말로 받아낼 때, 우리는 충분히 고개를 끄덕이며 삶에 관한 열망을 다시 불태우게 된다.

3. '시시각각(時時刻刻)'의 위력으로

열망이 현실로 실현되어 봄날처럼 찬란한 빛을 오래 우리 삶에 드리울 수 있다면 좋겠지만 이미 삶을 넉넉히 살아본 자는 그 빛이 결코 지속될 수 없음을 누구보다 선연히 알고 있으리라. 하지만 끝의 기미를 알아채고 있다는 이유로 미리 모든 손을 놓아버리는 것과 "고통을 층층이 저장해가는 것"(「날아감을 두려워하라」)이 삶임을 알고 있지만 그럼에도 불구하고 겹의 굴곡을 받아들이되 그 안에서도 끝까지 인간의 선의지를 돌아보고 답을 찾으며 조금 더 기대를 남겨두는 태도는 완전히 다른 것이라고 말할 수 있다.

예를 들어 "하고 싶은 것만 하면서 살았던 적 얼마나 되었나// 젊은 날은 질긴 나무껍질 같아 어깃장 놓듯/ 내가 바라는 대로 된 적이 거의 없었다/ 오늘을 살 것처럼 살아야 했는데 어찌/ 죽을 것처럼 살기만 했는가 이렇게 사는 것은/

당신의 아픔을 알아가는 것/ 나의 아픔을 펼쳐보는 것/ 비로소 너를 알아내고 나를 알아가는 것/ 이렇게 알아가는 것조차 이미 오래전부터/ 누군가에 의해 수억만 번 수천만 번 되풀이/ 내게 되풀이 벌어졌던 일이었다"(「생로병사(生老病死)」)와 같은 구절을 읽을 때, 우리는 과거를 추억하며 저마다의 아픔을 필연적으로 떠올리게 된다.

말 그대로 언제 우리 바라는 대로 삶이 펼쳐진 적 있었던가. 때마다 고통에 짓눌려 살아오지 않았던가. 오늘이 마지막인 듯 순간의 모든 환희를 온전히 껴안아 살 수 있다면 좋았겠지만 회고는 지나고 난 뒤에야 여력을 만들어내며 삶을 다시 보게 한다. 인상적인 것은 고통의 축적조차도 나를 알고 타인을 아는 계기로 이해하는 시적 화자의 은근한 수긍이며, 앞선 그 많은 인간들이 태어나고 늙고 병들고 죽으며 그들의 삶을 지속해왔다는 것을 자기 삶과 겹쳐보는 시적 화자의 태도일 테다. 안정옥의 용맹함을 알고 있는 우리에게 앞선 인류의 계통을 지금 나라는 개체가 되풀이하고 있다는 것조차 절망의 근거가 될 일은 없다. 설사 허무가 밀려들더라도 그것조차 삶의 항목임을 수긍한 상태에서 꿈틀대는, 뿌리 뻗는, 가능성들을 꿋꿋이 몸으로 살아내며 지금 있는 자리에서 더 가보려는 것이 안정옥이기 때문이다.

한강 하구로부터 100km
내게 도착할 수 있는 거리면서

누군가에게 기댈 수 있는 표시인지도 모르겠다
넘어서면 안 된다는 경계는 아닐는지 그 생각으로 돌
아선다
몇 발자국 떼자마자 내 마음은 시시각각 변할 것이다
시시각각은 내게 고통이고 시(詩)다
시시각각이 없었다면 나는 이미 죽어갔을 것이다
그것 없이 어떻게 시를 쓸 수 있었을 것인가
발걸음이 가볍다
　　　　　　　　—「한강 하구로부터 100km」 부분

모순과 아이러니와 역설로 점철된 삶을 회피하거나 뛰어
넘지 않고 그 속에 살고 견디면서 껴안아낼 묘책이 있다면
그중 한 조각이 인용 시에 들어 있을 것 같다. 시적 화자는
수목원 산책로에서 "한강 하구로부터 100km"라는 팻말을
본다. 강물을 보며 사색에 잠긴 사람은 지금 눈앞에 도착한
물살을 누군가 보낸 대답이라고 여길 수 있다. 또한 지금 내
앞에서 떠난 물살은 또 누군가에게 닿아 그의 사색에 위로
가 되어줄지도 모르는 일. 이런 가능성을 되새기며 화자는
돌연 "넘어서면 안 된다는 경계"는 아닐까, 라고 팻말의 다
른 의미를 아픔 쪽에서 궁리해본다. 그러자 지금 자리가 기
준점에서 얼마 정도의 위치라는 것을 알려주던 팻말은 금
지를 의미하는 표지가 되고 화자는 자리를 돌아서 나온다.
　우리에게 인상적인 지점은 바로 이 다음부터다. "몇 발자

국 떼자마자/ 내 마음은 시시각각 변할 것이다"에서 출발하여 "시시각각이 없었다면 나는 이미 죽어갔을 것이다"를 거쳐 "발걸음이 가볍다"에 이르는 구절들을 보라. 하나의 대상을 놓고 때마다 다르게 받아들여 시시각각 변하는 마음은 늘 후회와 미련과 고통을 요구하지만 그것이 삶이 아니라면 또 무엇을 삶이라 부를까. '시시각각(時時刻刻)'은 꼭 마음 쪽에서만이 아니라 우리를 둘러싼 세계의 변화와 관련지어서도 고민을 안겨준다. 마음과 세계, 둘 모두 변한다는 이유로 영원히 기댈 수 있는 상책이 되지 못하고 우리를 불안하게 만들지만, 불안하다는 것의 다른 말은 이다음에 어떤 것이 나타날지 모른다는 말로 이어지며 고통의 갈피에 희망을 끼워넣는다.

희망은 언제든지 고통이 될 수 있지만 고통 역시 희망으로 전화할 수 있다는 역설. 혹은 꼭 무엇이 되지 않아도 갈등하고 혼란스러우며 또한 어떻게 될지 모르는 것의 가능성과 운동성에 대한 믿음까지. '시시각각'의 힘이 여기에 있다면 '시시각각'처럼 깊은 위로를 주는 말이 또 어디에 있을까. 따라서 "시시각각이 없었다면 나는 이미 죽어갔을 것이다"라는 구절은 고통을 수긍한 상태의 우리를 다시 살게 하는 묘책이자 주문이 될 수 있다. 그리고 문득 시인은 '시시각각'과 '고통'의 곁에 '시(詩)'의 자리를 마련해둔다. 태어나 살고 애쓰며 슬퍼하고 아파하는 모든 와중에 안정옥에게는 시가 있었던 것 같다. 새벽안개에 휩싸 있는 막막한 시간에도 시를 쓰며 한 치의 앞이 보이지 않는 삶을, 시에 기대어 더욱 용맹하게 꿈틀거리며 밀고 나갈 수 있었을 터이다. '시'라는 풍등을 쥐고 있다면, 삶과 희망이 우리를 완전히 외면하는 일은 없을 것임을 우리는 안정옥의 시를 읽으며 깨닫는다.

안정옥 1990년『세계의 문학』을 통해 등단했다. 시집으로『붉은 구두를 신고 어디로 갈까요』『나는 독을 가졌네』『나는 걸어 다니는 그림자인가』『아마도』『헤로인』『내 이름을 그대가 읽을 날』이 있다.

문학동네시인선 099
그러나 돌아서면 그만이다
ⓒ 안정옥 2017

1판 1쇄 2017년 12월 9일
1판 3쇄 2024년 8월 9일

지은이 | 안정옥
책임편집 | 김민정
편집 | 김필균 도한나
디자인 | 수류산방(樹流山房) 본문 디자인 | 유현아
저작권 | 박지영 형소진 최은진 오서영
마케팅 | 정민호 서지화 한민아 이민경 안남영 왕지경 정경주 김수인 김혜원
　　　　김하연 김예진
브랜딩 | 함유지 함근아 박민재 김희숙 이송이 박다솔 조다현 정승민 배진성
제작 | 강신은 김동욱 이순호 제작처 | 영신사

펴낸곳 | (주)문학동네
펴낸이 | 김소영
출판등록 | 1993년 10월 22일 제2003-000045호
주소 | 10881 경기도 파주시 회동길 210
전자우편 | editor@munhak.com
대표전화 | 031) 955-8888 팩스 | 031) 955-8855
문의전화 | 031) 955-2696(마케팅), 031) 955-8865(편집)
문학동네카페 | http://cafe.naver.com/mhdn
인스타그램 | @munhakdongne 트위터 | @munhakdongne
북클럽문학동네 | http://bookclubmunhak.com

ISBN 978-89-546-4916-2 03810

* 이 책은 경기문화재단, 한국문화예술위원회의 문예진흥기금을 받아 발간되었습니다.
* 이 책의 판권은 지은이와 문학동네에 있습니다. 이 책 내용의 전부 또는 일부를 재사용하
　려면 반드시 양측의 서면 동의를 받아야 합니다.

잘못된 책은 구입하신 서점에서 교환해드립니다.
기타 교환 문의: 031) 955-2661, 3580

www.munhak.com
문학동네